中公文庫

冴子の東京物語

氷 室 冴 子

中央公論新社

目次

はじめに――なぜ、東京物語なのか。

読んでくださるとわかると思うのだけれど、『東京物語』と銘打ってあるわりに、実は東京のことなんか、ほとんど、ひとつっつも（ひとつくらいはあるが）書いてないという、これはそういう不思議な本である。

では、なぜ、『東京物語』になったか。

これもまた、読んでくださるとわかるのだけれど、私は希代《きたい》の長電話魔なのであった。あった、と過去形で書けることを、今は自分のためにひそかに喜んでいるのだけれど、いや、まったく女の長電話というものは、ヒドイものである。

電話コードを最長十メートルにして、あらゆる部屋、お風呂、キッチン、はてはトイレまで持ち込めるようにして、私の電話人生は華やかだった。

料理をつくりながら電話して、食事しながら電話して、トイレにいながら電話して、二時間三時間などは電話のうちに入らず、四時間五時間などは夢のうち、六時間七時間あたりでさすがに声がかれてきて、八時間あたりでようやく、

「あたしたち、けっこう話してるわね」

という認識に至る。

余談ながら、電話仲間の多くは東京在住で、だから電話は当然ながら、長距離電話である。

単なる長電話ならいざ知らず、長距離の長電話というのはマズイのじゃないか、と実感するのは、実は月末で、電話代の請求書がきて初めて、しみじみと、なんという長電話かと深く反省するのである。

そうしてある日、一大発見をした。

つまり、電話代をそっくり部屋代にすれば、東京のソコソコの部屋が借りられる、ということに気がついたのである。

そこからが女のセセコマシさというか、発想の大胆さといおうか、東京に引っ越そうと思い至り、思いついたが吉日で、引っ越してしまったのであった。私は長電話魔であると同時に、引っ越し魔でもあるのだ。

電話代を浮かすために東京に出てきたくらいだから、仕事を一所懸命しようとか、これを期に、なんでも見てやろうなんていう好奇心とはほど遠く、あいもかわらずフラフラしていた。

そういうときに書いたものをまとめたので、『東京物語』になったのである。

だからもう、内容は東京とは縁もゆかりもないわけで、ほんとに、〈東京〉には申し訳

なく、看板にイツワリありと言われたらどうしようと気にならないこともないのだけれど、しかし、まあ、

「東京にいたときに書いたから、東京物語。スッキリしていて、いいじゃないか！」

などと、我ながら感動しているところもあるのである。

なんといっても引っ越し魔であるから、この先、東京以外のところに住む可能性もおおいにあり、そのときは『奈良物語』だの『倉敷物語』だの『札幌物語』だの『小樽物語』だのにすればよいのであって、その意味でも、ずいぶんと応用範囲の広いタイトルではないか。

そういうわけで、東京にはゼンゼン関係のない『東京物語』になってしまったけれど、そのときの気分しだいで、短編小説を書いている気になったりもして、けっこう楽しかった。

もともとテーマに沿って書いたものじゃなく、その場その場で思いついて書いたので、どこから読んでくださっても大丈夫。

ちょっとした小話のつもりで、楽しんでください。

東京を舞台にした、都会的なショートストーリーを期待された方はガクゼンとなさるでしょうが、そこはそれ、東京にいたときに書いた物語、というところでご納得を。

東京とはほとんど関係のない『東京物語』を、どうぞ。

冴子の東京物語

番外篇の女

つい最近、高校時代のクラスメートから電話があった。

出張で上京するので、時間があったら会えないか、というのである。懐かしくなって、もちろんすぐに会う約束をして電話をきったが、ふと嫌《いや》な予感がした。

私は早生まれだから、まだ二十九歳だけれど、クラスメートのほとんどは三十歳である。三十歳の女、ともなれば、必ずついてまわる問題がある。いや、三十歳じゃなくても、ついてまわるかもしれないが。

まさかまさかにひかされて、待ち合わせのホテルのロビーに行き、昼食を一緒に取りながら、よもやま話をしていたが、食後の紅茶を口にするあたりから、思っていた通りの展開になった。結婚話の相談なのである。

職場の年下の男性に好意をもっていて、彼も自分を憎からず思っているフシがある。しかし年の差を考えると、今ひとつ踏ん切れない。ハイミスのあせりと思われるのはプライドが許さないし、かといってボヤボヤしていると、年下の女の子に抜け駆けされそうで、じっとしてもいられない、どうしたらいいか、と言う。

「踏ん切れないったって、向こうがあなたにプロポーズしたわけでもないんでしょう」

私がいささか、冷静すぎる断を下すと、彼女は悠然と、

「いや、その気配はあるのよ。でも、あたしが年上なんで、足踏みしてると思うのね」

確信ありげに言った。

うーむ、と私は唸《うな》った。

あなたの気のせいじゃないの、と言いたいところだが、言ってしまうとあえかな友情が壊れてしまう。

「む、むずかしいわね」

日本語の曖昧《あいまい》さをフルに利用して口ごもると、彼女はさらにエキサイトして、

「さっちゃん、近いうちに北海道に来る予定ない？　彼に会ってほしいのよ」

と言う。

「会ってどうするのよ」

「だから、彼の本心を確かめてほしいの」

彼の本心といったところで、そんなモノないに決まってるじゃないか、と言いたいところだが、言うとやはり、なけなしの友情が壊れてしまう。

「こういう問題はねえ、他人が出てっちゃいけないのよ。メリル・ストリープの『プレン

ティ』、観た？　女友達のアリスがさ、外交官の男に言うじゃない。貴方、嫉妬する？男って、女の友達に嫉妬するものなのよって。あれよ。男の人って、女が自分の知らないところで、女友達にあれこれ相談してるのを嫌がるのよ。プライド傷つくのね」

我ながら、うまく言い抜けたとホッとすると、くだんの友人は怪訝《けげん》そうに、

「その映画、北海道じゃ、まだ封切りしてないみたい」

とあっさり言って、ねえ、北海道に戻っておいでよ、としつこく繰り返した。

どうやら私に相談するために出張を利用したらしく、なまじなことでは引っ込まない。今は忙しくて、とかなんとか逃げを打って別れたが、その後も手紙が何通かきて、年下のカレとの進行状況を詳しく知らせてきた。

どうせハシカみたいなもので、そのうち、手紙を書くのにも飽きてくるのに決まっているが、こういう目にあうたびに、私はむやみに腹が立つ。

親友ならいざしらず、どうしてこの私に相談するのだろうと不思議に思うような人が、思いもかけない相談ごとを持ち込んで来るのである。

以前は、信頼されてるんだと単純に信じて喜んでいたが、そのうち、単なる愚痴《ぐち》で、誰かに言うことで気が晴れるのだろうとわかり、うんうんと聞くことにした。しかし、頷《うなず》き人生の私でも、最近はさすがに腹に据えかねることが多すぎるのである。

思えば、高校時代から、私はなぜか相談役ばかりだった。

高校一年の夏休み、やはり同じ高校の女の子がふいにわが家に訪ねてきた。クラスは違ったが、彼女とは奇《く》しき因縁があった。

中学を卒業した春休み、市の児童福祉課か何かが主催して、十勝の大雪山青年の家で、市内こども会会長の合宿があった。

ローカルで、かつまた牧歌的な話題で誤解されそうだが、たまたまその時期、担当の市職員が労働意欲に駆られていたらしく、各町内会の下に、半ば強制的にこども会というものをつくり、なにやかやと行事を仕掛けていたのである。

今なら、さしずめ広告代理店に入り、イベントの仕掛けをやりたがるような人が、その時の市役所にいたのだろう。

だから、こども会の会長といったところで、たいていは町内会の会長筋の令息令嬢で、みんな親のカオを立てて、やりたくもない会長をやり、社会見学と称してキャラメル工場に見学に行って、市の広報誌に『キャラメル工場訪問記』なんていう記事を書いていた、という程度のものである。

それはさておき、つまり、その会長合宿で一緒になったのが、隣町のこども会会長の彼女だったのである。

朝から晩までオリエンテーリングとパネルディスカッション、なぜか体力づくりの早朝マラソンや国旗掲揚まであって、わけのわからない合宿だったが、一週間近くも二段ベッドの上と下で過ごしたのと、おたがいにこの春から通う高校が同じだったせいで、初対面だったわりにはよく話をした。

その合宿の時、はやくも彼女は、好きだったヒトと高校が違うので悲しいと打ち明け、打ち明けているうちに盛り上がってきたのか、涙ぐんだ。

彼女はたいそうな美人で、子供ごころに、知性より美がまさったモンローみたいなヒトだなとは思ったが、モンローは同性にも好かれる可愛さがある。涙ぐんでいる彼女は本当に可愛くて、純情そうだった。

そういうことがあって、春から同じ高校に通ったのだったが、クラスが違ったせいもあり、廊下ですれ違うと会釈《えしゃく》をする程度の関係におさまっていた。

その彼女が、突然、家を訪ねてきたので少し意外だったが、話はもっと意外だった。かの合宿の時、三人のオトコ会長さんから交際を申し込まれ、それぞれ別個につき合っていたが、そのうちのひとりと深い仲になり、それが彼のご両親の知れるところとなって交際を禁じられたが、そうなるとアイが深まってしまって、なんとか彼の家族の理解を得ようと彼の弟を呼び出していろいろ話したところ、その弟もよくわかってくれた、ところが何度か会って話しているうちに、その弟が彼女に熱をあげて付きまとうようになった、どうしたらいいのか——と言うのである。

あいた口が塞《ふさ》がらないとは、このことか、と私は深く感じ入った。

一時期はやったジュニア小説ばりのシノプシスにも驚いたが、もっと驚いたのは、あの早朝マラソンと国旗掲揚とディスカッションずくめの清廉潔白な合宿で、三人の会長から申し込まれていたという事実だった。

三人どころか、ただのひとりにも申し込まれず、ひたすら健康的にマラソンして、明日のこども会発展のために議論していた私の立場はどうなるんだと頭に血がのぼったが、それが浮世というものであろう。まったくひどい世の中である。

ところで彼女の相談だが、この相談をされた瞬間、彼女のクラスメートが彼女のことを、かげで「色気たんぽぽ」と呼んでいた理由がおぼろげながらわかった気がした。

初めは、彼女の可憐《かれん》で初々《ういうい》しいところを誤解して、同性特有の意地悪さで言っているのだろうと思ったのだが、やはり、どうも「色気たんぽぽ」のような気がする。

意識的とは思いたくないが、彼女が弟を呼び出したのからしておかしい。聞けば、彼には妹もいるという。なぜ妹ではなく、弟を呼び出したのか。これは実に興味深い問題だが、まさか彼女にそう言うわけにもいかず、女はこわい、としみじみ思った。

こういってはなんだが、自分の今の劇的な状況を誰かに話したいのだろう、ここは友情で驚いてみせたり、相槌《あいづち》を打ってりゃいいや、と考えていたら、色気たんぽぽは、いや、もとい、彼女はとてもシンケンで、かの弟に会って、熱を冷ましてほしいと言い出した。

「熱を冷ますって、なに言えばいいわけ」

「だから、あたしはあのコの思ってるような女じゃないって、わからせてほしいの」

「どういうオンナなのよ、あんたは」

「だから、あたしは高校一年だし、彼、中二だしィ」

「中坊なんか、そのうち、ほっといても熱さめるって」

　だいたい高校生の分際で「あたしはあのコの思ってるような女じゃない」もクソもあるか、そこまで真剣になる問題か、と言いたかったが、彼女はぐずぐずと、あたしは口ベタだし、あんたは口がうまいし、と粘り続けて押し切った。私は自分が女なので、女が逆怨《さかうら》みした時の怖《こわ》さもよく知っており、どうも女の頼みには弱いのである。

　暑い夏の日、私たちがよく利用する喫茶店にかの弟を呼び出して、私はお説教した。なにを言ったのか忘れたが、そのコは終始うつむいて、顔を真っ赤にしていたのと、同席したまま、ひとことも口をきかなかった色気たんぽぽが、帰りぎわに弟にむかって、

「あのひと、言うことはきついけど、悪いひとじゃないのよ」

としっとりと潤《うる》んだ目で、とりなしてくれたのだけは覚えている。勝手にしろ、と私は怒り狂った。

　彼女はたぶん、友人に仲裁を頼まざるをえないところまで追い詰められた自分を、とても楽しんでいたに違いないのだ。それがわかっているのに、頼まれると嫌とは言えずに出《で》張《ば》る私こそ、いい面《つら》の皮である。

これがケチのつき始めで、これ以後も、似たような目にはずいぶんあった。大学生のころ、恋愛問題でモメゴトをおこす天才のような親友に頼まれて、相手の医学生にあったことがある。

彼と彼女は三年越しのつき合いで、親友の私から見ても、彼女が一方的に押し切り、嫌がる彼に食いついて離れない、といった悲劇的な関係だった。

その彼がついに革命を期したらしく、別の女子大生とつき合い始めた。彼女はそれを「裏切り」と取って彼と渡りあったが、埒《らち》があかない。あかないはずで、彼が良心に痛みを覚えつつ、

「おまえとは遊びだった。あっちが本気なんだ」

と断言しているのに、彼女は、

「あの女に、気を遣ってるのよ。彼はそういう優しいヒトなのよ」

と私たちに涙ながらに訴えて、完璧《かんぺき》にすれ違っていたのである。

その彼女に頼まれて、彼と一対一で会ったのだが、彼も神妙で、

「いやー、なんていうか、僕も悪いところがあったのかもしれませんけど、でも僕、けっこう面と向かって、おまえなんか好きじゃないとか、ブスだとか言ってたはずなんスよ。うまいこと言って騙《だま》すとか、モテアソブとかはしてないはずなんスけど、どこがまずかったんでしょうか」

と私に聞いてくる。

「そうは言っても、三年も続いたわけだし、そこのあたりの責任を……」

「続いてたつったって、下宿に押しかけられた時だって、彼女にはなにもしないで、友達んとこに逃げたし、なのに彼女は下宿に行った行ったって言いふらして、それが三年続いただけですよ」

「もっと決然としなきゃいけなかったのよ。あんた、将来、お医者さまでしょ。毅然《きぜん》とした態度が必要よ。ただでさえ将来性があるってんで、女の子に狙《ねら》われやすいんだから」

「偏見ですよ。医学生つったって、もてる奴はハンサムばっかりで……」

「ほら、そういう愚痴っぽいところが、このヒト、御しやすいと思われて、押し切られるのよ。自己変革しなさい。このままじゃ、結婚まで押し切られるわよ」

気がつくと、彼の真意をただすどころか、檄《げき》をとばしていた。

あとで彼女にこの会見の様子がばれて、しばらく口をきいてもらえなかった覚えがある。どうして、こんな狂言回しの役ばかりつくのかと我と我が身を哀《かな》しみ、人の愚痴を聞く時はこころして聞こう、へんに思い入れたっぷりに聞くから、力になってもらえると相手に誤解させるのだ、と私なりに反省もした。

しかし、つい三カ月ほど前のことである。

お仕事で、たった一度ご一緒した三十代後半の男性から、突然、電話が入った。突然で申し訳ないが是非あって話がしたい、仕事とは関係ないので無理にお頼みするわけにもいかないが、と言うのである。

是非あって話がしたいとは何事であろう、仕事と関係ないとなれば、もはや思い当たることはひとつしかない。彼はタイプといえばタイプの男性で、私の胸も高鳴った。

あちこちに風邪をひいたの体調が悪いのと嘘をついて、目前の締切をクリアして、私はいそいそと待ち合わせの六本木のお鮨屋に駆けつけた。

彼は先に来ており、急に呼び出してすいませんと丁重に詫び、まずは世間話でスタートしたが、そのうち話がヘンな方向にいきだした。

ご自分の大学時代の話はまあ、まだよかったが、就職後に感じたさまざまなことを訥々《とつとつ》と語りだし、今の職業がはたして自分に向いているのかという、これまでにもイヤになるくらい何度も経験した話の展開になってきたのである。

もしやもしやと思っているうちに、ついに、おそるべき一言が発せられた。

「転職を考えているんですが、どう思いますか。率直なところを聞かせてください」

「…………」

絶望と落胆で、しばらくはモノを言う元気もなかった。

それまで一度しか会ったことのない、いい年をした男性が突然電話をかけてきて、仕事と関係ない話があるといえば、誰だって、あえかな期待をしてしまうではないか。それが何故、またも身の上相談を引き受けなければならないのか。私のどこが、そんなに身の上相談の回答者然としているのだろう。メガネをかけてるのが、まずいのか。

相談をする人は、その相談事の中では主人公で、いい気分を味わえるだろうが、聞き役の私は、脇役でさえない番外篇の登場人物なみではないか、と私も目からウロコが落ちた。この時ばかりは期待していた分だけ、裏切られた怨みも大きかったのである。

頷くだけの人生なんてもう、やだ、私だって相談したいことのひとつやふたつあるのに、結局は自分の問題だと思って、ひとりで処理してるのだ、あんまりだ、と怒り狂っていたそばから、先日も名古屋の友人からコレクトコールがあり、一時間半、嫁と姑の愚痴を聞かされた。

「そういう問題で悩む年なのねえ、あたしたち」

毅然とした態度をとらねばと思いつつ、気がつくと番外篇の私はしみじみと相槌を打っていた。

思い込み

大学二年のときまで、「画策」を〝がさく〟と読むと信じていた。

物知らずだ、辞書をひけば、すぐわかるではないかと反論されそうだが、辞書をひくのは疑問に思ったとき、確かめたいときである。信じ込んでいると、辞書をひく発想が出てこない。

大学二年のある日、友人たちとおしゃべりをしながら、大学近くの地下鉄駅に駆け込んだ。

駆け込みつつ、おしゃべりをしているとき、どういう会話をしていたのかは忘れたが、私が〝がさく〟という言葉を使った。

すると、友人二人が怪訝な顔をする。

「なに、それ」

「なにって、〝がさく〟よ。計画の画に、策謀の策と書いて〝がさく〟」

この言葉を知らないのかと、多少の優越感まじりに説明すると、二人は即座に〝かくさく〃と読むのだと指摘した。

　そんな馬鹿なことはないと、にわかに地下鉄駅構内で漢字論争になった。

　たまたま友人の一人が国語辞典を所持していたので、調べてみようということになった。

　結果はもちろん、〃かくさく〃が正解だった。

　二十年間、そうと信じきって疑ってもみなかったものが、そうではなかった驚きは、今でも地下鉄駅の券売機の横で、三人が額を寄せ合って辞書をひいた情景を思い出せるほど、強烈だった。少しオーバーにいえば、あれはまぎれもなく、カルチャーショックだった。

　漢字に限らず、私には、この手の思い込みが多い。

　私の育った町の郊外に、自然の池と森をうまく利用した自然公園があった。

　小高い丘の上にあり、そこに行くまでのうねうねとした坂道は、車のドライブコースにもなり、遊歩道もあって散歩コースにもなっていた。

　これも大学一年か二年の頃、友人と二人で公園に行き、ボート遊びや、アスレチックコースで、さんざん汗を流した。

　そのせいか、帰る頃にはへとへとになっていて、坂下のバス停まで歩くのも、しんどい。つい前屈みになり、足を引きずるように歩いてしまう。

　沿道には、『ご休憩・御泊まり』の看板が建ち並び、民宿ふうの建物がいくつもあった。バス通りに出るまでに、どこかでひと休みしたかったので、小ざっぱりした和風の建物

の前で立ち止まり、

「ねえ、ちょっと、ここで、ひと休みしていこうよ。あたしがおごるから」

と隣の友人に声をかけて、すたすたと門の中に入って行きかけると、友人に凄《すご》い力で腕を摑《つか》まれ、引き戻された。

友人は、『ご休憩・御泊まり』の正確な意味を説明してくれた。

私は、呆然としてしまった。

『ご休憩・御泊まり』は文字通り、小一時間ほど足を伸ばして休む場所を提供する、海の家ふうのものだと思っていたのである。（参考までに言っておくと、今から十年ほど前の『ご休憩・御泊まり』は一見シモタヤふうが多くて、今のようなキンキラキンは少なかったのだ！）

いろいろ遊べて、遊び疲れする公園の近くに、『ご休憩』の建物があるのは、至極もっともに思えた。

友人は、私がカマトトしていると思ったらしく、

「ススキノとか、小樽に行く街道沿いに、あの看板、多いでしょう。ピンとこない？」

と問いつめた。

もちろん、コンパやつき合いでススキノにはよく行ったし、免許取りたての友人の練習台になって、ドライブのお供もしていたから、『ご休憩・御泊まり』の看板はよく見てい

た。

私はあれを、家に帰る前に少し酔いを醒ますための休憩所、それでも酔いが醒めなかったり、足元が覚束《おぼつか》なくて家に帰るのが面倒になった酔客のための宿泊所だと、とても自然に思っていた。

街道沿いの場合は、運転疲れして眠気を催したとき、寛《くつろ》いで仮眠をとる場所だと、これまた自然に思っていた。

そして、日本のサービス産業というのは、ほんとに至れり尽くせりだと、あの看板を目にするたびに感心していたのである。

三年ほど前、遊び半分、仕事半分で上京して、友人宅に一週間ほど居《い》候《そうろう》したことがあった。

遅れた原稿を抱《かか》えていたので、二日連チャンで徹夜をして、その原稿を届けた帰り、急にサウナに行きたくなった。

私は冷え症のうえに肩こりがひどくて、徹夜をすると、覿面《てきめん》に肩と背中が駄目になる。

肩こりの私には、海外旅行よりも温泉旅行、高級レストランよりもサウナ、である。

二日連チャンで徹夜をしたし、女の細腕一本で働いているのだ、少しくらいの贅沢《ぜいたく》をして誰に咎《とが》められようかと、ケチな心をかなぐり捨てて、街中から友人に電話をした。

サウナといっても、いざ捜すとなると、なかなかないものである。慣れない東京で、うろうろと捜すより、東京在住の友人に場所を教えてもらう方が確実だった。

友人は、サウナや温泉に入ると頭痛がするという人で、都内のどこにサウナがあるのか知らなかったが、さすが友人というのはありがたい、電話帳をひっくり返して、調べてくれた。

サウナはたくさんあるが、女性用サウナというのは、男性用に比べて、まだ少ない。電話番号を控え、その店に電話して、女性用サウナの有無を確かめると、

「男性用、女性用、ともにございます。個室もございます」

という。

個室のサウナというのは初めて聞いたが、ふと家庭用サウナの広告を思い出した。一人用サウナは、電話ボックスくらいのものである。

きっと、ああいうサウナで、ひとりでゆっくりしたい人のためのものなのだろうと、ごく自然に連想した。

それだと、場所取りにタオルを広げたり、常連の利用者に変に気を遣うこともなく、のんびり、ゆっくりサウナに入れる。

二日連チャンの徹夜もしたし、どうせ贅沢するのなら、ここいらで一度、個室サウナに入ってみるのも悪くない、と心が動いた。

電話で場所を確かめて行ったお店は、構えが少し古くはあるものの、ごく普通のビルだった。

美容室ふうの受け付けも、札幌のサウナと同じようなもので、ただ受け付けの横にあるロビーが、妙にホームバー的な雰囲気はあったが、東京のサウナとはこんなものだろう、さすが札幌と違って都会的、と感心するくらいだった。

「個室、お願いします」

受け付けの白衣姿の中年女性に言うと、彼女は一瞬、怪訝な表情になった、とあとになって思い当たるが、実はその時は、まるで気にならなかった。

受け付けの女性は、すぐに職業的な笑顔になって、

「ご指名はございますか」

と尋《たず》ねる。

サウナでご指名といえば、マッサージ師さんに決まっているが、なにしろ初めてのお店なので、指名もなにもない。お任せすることにした。

受け付けの女性は、万事お任せ下さいというように頷き、

「前料金をいただきます。基本料金は……」

と言う。

詳しく覚えていないが、六、七千円だったはずで、私は飛びあがるほど驚いた。

札幌の二、三倍なのである。

いくら東京の物価が高いといっても、札幌の物価だって、かなりのものである。それほどの格差があるとは思えない。二、三倍とは、あまりの高料金ではないか。

店内に、豪華なシャンデリアがきらめいているならいざしらず、ごく普通の内装で、はっきり言って古びている。

が、しかし、と私は考えた。

これは、マッサージ料込みの料金かもしれない。それなら、妥当な線である。

どうも今ひとつ、腑《ふ》に落ちないが、受け付けまで来て、料金の内訳を細かく確かめるというのも、格好がよくない。

奮発して、初めて個室サウナなるものを利用しようという晴れの日、マッサージ料込みか、そうでないかを心配するのは、お里が知れるというものであろう。

元来がケチな私の心は千々《ちぢ》に乱れたが、表向きは平然として、料金を払った。ほどなく、白衣の小母さんが現われたので、ホッとした。やはり、マッサージ料込みなのである。

小母さんは、四十代後半といった方で、小料理屋をしている友人の母上によく似ていた。

そのマッサージ師さんに導かれて、受け付けから、店内に入った。まるで病院のような造りで、真っすぐに延びた廊下の片側に、ずらりとドアが並んでいた。

「どうぞ」

マッサージ師さんに部屋のドアを開けていただき、中に入った私は、首をひねった。

想像していた個室サウナと、目の前の実物は、どうも違うのである。

私は漠然と、温泉旅館の浴室付き和室のようなものを考えていた。

お風呂でサウナに入り、湯上がりの体を畳の上に伸ばして寝そべり、マッサージしていただく――という図を思い描いていたのである。

しかるに、目の前に広がる部屋は三畳ほどの洋室で、マッサージ台と覚しき、病院の診察台のようなものがあり、部屋の隅には、なぜか鏡台があった。

女性はサウナに入ったあと、家に帰るにしろショッピングするにしろ、化粧をするものであるから、その化粧台かしらん……とも思ったが、それにしては粗末なものだった。

私はだんだん、腹がたってきた。

天下の大都会、いくら東京のサウナだからといって、北の都会、札幌の二、三倍の料金を取っておきながら、この備品のお粗末さはどうしたことか。

もしかして、私を年少者と侮《あなど》り、一番粗末な予備室に、押し込んだのではないだろうか。

受け付けに抗議に行こうかと思ったほどだが、すでに前料金は支払い済みである。

もっと良い部屋を要求したら、目の玉のとび出るような追加料金を請求される恐れもある。

弱輩の身で、サウナという贅沢なものに、これ以上のお金をかけるのは、いくらなんでも許されることではない。世の中には、身の程、というものがある。

ここでも、やはり心は千々に乱れたが、すべては魔都、東京の物価高がいけないのだと諦《あきら》めた。

三畳ほどの洋室の向こうに、浴室があった。家庭用浴室の二倍くらいの広さで、やはり広告でよく見る家庭用サウナがあり、その隣がバスタブになっている。

これは想像通りだったが、バスタブの横に、人ひとりが寝そべられるくらいの、タイル製の台があるのは、よくわからなかった。

きっとサウナ室から出て、ひと休みするとき、あそこに腰かけるに違いないと納得して、サウナに入った。

十分ほどして、水を浴びようとサウナ室を出た私は、次の瞬間、部屋じゅうに響き渡るほどの悲鳴をあげていた。

くだんの白衣の小母さん、小料理屋をしている友人の母上にそっくりのマッサージ師さんが、一糸まとわぬ、あられもない姿で浴室に入ってきたのである。

一瞬にして、すべての謎が氷解した。

受け付け横のホームバー的ロビーも、ベッドがあるだけの狭い洋室も、バスタブ横のタイル製の台の意味も、すべてわかった。

サウナで流した汗が、すうっとひいていった。

それまで、なぜか仏頂面だった小母さんは、初めて、人なつこい笑顔を見せた。

「やっぱり、間違ってたのねえ、あんた。おかしいと思ったのよ。まあ、こっちも商売だから、覚悟を決めたけどさ」

そう言って、どうせ部屋に入っちゃったんだから、部屋代はいただかなきゃならない、せめてゆっくりお風呂に入りなさいよと慰めてくれた。

基本料金は、すべてお店の経営者にいき、部屋代が小母さんの収入になるシステムらしい。

一度、部屋に入った以上、何もしてもらわないからといって、無料というわけにはいかない。小母さんの正規の労働の邪魔をしたのだから、それ相応のことはしなければならないなと、私もそこは理解した。

すぐに出たかったが、小母さんも何もしないでお金をもらいっぱなしでは気がひけるのか、しきりと時間までゆっくりとお風呂につかりなさいと勧めてくれる。

私も腹を括《くく》って、お風呂につかった。小母さんは背中を流してくれた。昔、内風呂がなかった頃、母と銭湯に行って背中の流し合いをしたのを思い出して、しんみりとした。

「あんた、ほんとに途中で気づかなかったの」

お互いに気持ちも口もほぐれてきて、小母さんが迂闊《うかつ》な娘を叱る口調で言ったが、私は本当に、まったく気がつかなかったのである。

最初にサウナだと思い込んでしまったので、多少、腑に落ちないことがあっても、東京はこういうシステムなのだと、すんなり納得してしまい、疑いもしなかった。

「あんた、しっかりしなきゃ駄目よ。世の中、それじゃ渡っていけないわよ。痛い目みるよ」

お風呂上がりに、肩をもんでくれながら、小母さんは笑いを噛《か》み殺した声で言った。

まったく、その通り。あんなに高い肩もみ代は、これまで払ったことがない。

ＡＢＯは知っていても

以前、知り合いに、色っぽいグラマーな女性編集者がいたが、彼女はまったくといっていいほど、本を読まなかった。

たまたま、彼女の部屋にお邪魔する機会があったが、居間にも自室にも、自社発行の雑誌以外、本らしい本がない。文庫本一冊、見当たらない。本はどこにあるのかと尋ねると、

「ないのよ」

と言う。

「ないって、じゃ、どうするんですか」

「読まないの、あたし」

グラマー美人編集者は優雅にほほえみ、あっさりと言った。さらに続けて、

「氷室さん、あたしみたいのが、世間一般よ。あたしが読んでみようと思うような本なら、活字嫌いの人でも、絶対、読むって」

と確信ありげに豪語して、純真な乙女をケムに巻いた。

ものは言いよう考えよう、丸い卵も切りよで四角とはよくいったが、このデンでいくと、実は私にも、ひそかに誇れることがある。

私は新しいものや流行に、過剰防衛する傾向があるのだ。つまり、ひとことで言ってしまうと、フルイのである。頭が固いといってもいい。

これのどこが誇れるかというと、かくも頭の固い私が知っている事物は、もはや新しくもなんともない、という指標になるのである。情報過多の世の中で、何が新しいか、何が流行を越えて一般化したのかを見極められるのは、けっこうありがたい。

ことに、初めは拒絶反応の強かったものが、いつの間にか、自分で嬉々《きき》として受け入れているのに気がつくと、うーむ、流行で終わらずにすっかり定着したなあ、感心感心、と人知れず感慨にふける。

この数年間で、一番、感慨にふけった、と言うのもおかしいが、思った以上に野火のように広がり、すっかり一般化してしまったのは、血液型である。

なにを今さら、と思う人が多いだろうが、そこが私のフルイゆえんなので、我慢していただきたい。

実際、ここまで血液型がはびこるなどとは、思っていなかった。

そもそも、これと似たようなものに、星占いというのがあった。これはかなりの普及率で、子供の頃、『ヤング　セブンツーオー』なるナウい若者向けの朝のＴＶ番組で、７時

30分前後に「今日の星占い」コーナーがあり、これを見てから学校に行くというのが、学童仲間で流行《はや》っていたのだから、かなりの歴史がある。

当然、だれもが自分の星座ぐらいは知っていて、今に至るも、各種の占い雑誌の主役は星占いである。

もっとも、星占いが占いを越えて、性格分けの意味合いを帯びてきたのは、それから少したってからで、そのピークは十年ほど前のような気がする。

人の性格を言うのに星座を用い、それが一つの符牒《ふちょう》になって、話がそれなりに盛り上がるのである。

「ほら、あのひと。獅子座だからさ。負けるのよ」

「言えてんねー。じゃあ、Aを誘う？」

「だめ。Aは蟹《かに》座だから。話にのんないわ」

「Bも駄目よ。天秤座だからさ。はっきりしないの」

と言って通じるのみならず、そこそこウケなければならない。

星占いとは別に、星座独自の性格づけがはっきりして、しかも、それが一般化していなければ、こういう会話はできない。

年長者の方はご存じないだろうが、アニメやマンガのヒット作品には豪華本やイラスト集が出版され、たいていの場合、キャラクター設定が明らかになる。その場合、キャラクターの星座というのは、欠くべからざる要素のひとつだった。

たとえば、ごく単純にいうと、派手めのキャラクターは獅子座。やや排他的で、そのかわり家庭的なキャラクターなら蟹座。バランス感覚に優れているが、八方美人的なら天秤座、といったものになる。もちろん、バリエーションはいくつもあるが。

このあたりから、私などはついていけなくなり始めていた。別に、生まれた月日で性格まで決められてたまるか、と思ったわけではない。ただ、なにしろ十二星座もあるので、覚えるのが大変だったのである。それに私の場合、個人的に今ひとつ、説得力に欠けていた。

私の星座は山羊座なのだけれど、山羊座は努力家、粘り強い、堅実、頑固といった特徴で、「頑固」以外は、どうもピンとこないのである。両親はこれまでにも、いろいろと私にお説教してきたが、その中で、我ながら当たっていると思うのは、飽きっぽい、我慢が足りない、怠け者だという点であった。

そういうわけで、星座の性格づけにはなじめなかったが、それが一般化しているのを認めるのにやぶさかでなかった。

ところが、思い起こすも五年前、初めて、星座に代わって、血液型が跋扈《ばっこ》し始めているのを知ったのである。

年下の友人の伯母さんに、仲人を趣味になさっている方がいた。

友人も年頃なので、伯母さんのかっこうのターゲットになっており、一方の私もご同様の身の上だったので、顔をあわせると、グチとも笑い話ともつかない見合いネタが話題になった。

ある時、その伯母さんが、最近の若い娘さんはわからない、時代が変わったとしきりに嘆いているという話になった。

昔は、一にも二にも、男性の収入、勤務先が問題になったのに、最近は血液型まで問題にする娘が多いというのである。

フルイのが身上の私は、

「やっぱり、功利的になってるのね。結婚前に血液検査して、病気のあるなしを確かめるのか」

結婚後に大病になっては大変とばかり、結婚前に、費用は親がかりで人間ドックに入る話はよく聞いていたので、憤慨して、相槌を打った。

すると、くだんの友人は、

「違いますよ。血液型です。ＡＢＯの血液型。知らないんですか？」

と言って、最新のファッション・ブランド、血液型について、レクチャーしてくれたのだった。

おりしも、その頃は「クライ」「アカルイ」という二分法が流行り始めていて、

「Ａ型が、ぜんぜん駄目なんだって。クライっていうんで、敬遠されるらしいんですよ」

と言う。

たまたま、私は「クライ」「アカルイ」が大嫌いだった。

人間を二種類に分けられてたまるか、という正義感はさらさらなかったが、沈みがちな人が、

「あたしって、ネクラだから」

などと言い出すのを聞くと、頭に血がのぼり、それがどうした、甘えるのもいいかげんにしろと怒鳴りたくなったし、アカルイ人が、

「あの人、クラくってさ」

と言うのを聞くと、アカルイのがそんなに自慢か、少しは人生について考えろと腹をたてていた。

だから、血液型を「クライ」だの何だのと一緒に教えられたことで、すっかり〝血液型〟に反感をもってしまったのである。

そもそもＡＢＯで分ける限り、何だかんだといったところで、四種類しかないのだ。あまたいる人間を四パターンで分けられるわけがない。

Ａ型がクラくて駄目なら、Ｏ型はアカルくて、いいのか。ＡＢ型だと、適度にバランスがとれて、もっといいのか。クライもアカルイも関係ないＢ型はどうなるんだ——とむっ

となったが、友人は、

「けっこう、それはそれで、当たってるんじゃないですか。氷室さん、勤めてないから知らないんですよ。ＯＬの間で流行ってるんだから」

とこだわりもなく言う。

言われて思い出したのは、それより二年ほど前、まだ友人と共同生活をしていた頃、友人の一人が何かのおりに、

「ねえ、気がついてる？　あたしたち、三人ともＢ型なんだよ。もう一人、男と逃げてるのもＢ型だし」

と言ったことだった。

思えば、あの頃からすでに、日赤の献血とは関係ないところで、血液型モンダイは潜行していたのかもしれない。

さらにさかのぼって、私の父が入院した十九の夏、夏休みあけに大学で学友に会い、父の入院の話をしているうちに献血の話題になり、

「へえ。おとうさん、ＡＢ型なの。ＡＢって、日本に少ないんでしょ。天才とナントカは紙一重の性格なんだってね」

と言われたことがあったのも思い出した。

もっとも、その頃は父の入院で気が昂《たかぶ》っていたせいもあり、ヒトの父親の生き死にの

話をしている時に、なにが「天才とナントカは紙一重だ、バカヤロー」と怒りこそすれ、まさか、あれが一大血液型性格ガクの序曲になろうとは思ってもみなかった。

時期としては、星座による性格分析がピークに達した時と前後しており、そうして考えてみると、流行はまことに順序正しく新旧入れ代わり、驕《おご》れるものは久しからずの世界なのである。

とはいえ、フルイ私は友人の伯母さんの嘆きに同感で、生涯の伴侶を真摯《しんし》に求めようという時、たかが血液型で選んでいてどうなるんだ、そんなモノは統計的に、最大公約数でしか、人を言い表せられないじゃないか、そこからはみ出す部分がその人のヒトトナリではないかと怒り、そんなことをやっていると、いつか血液型にふりまわされて人間が二の次の結婚をすることになるぞ、警鐘を鳴らさなければ――と、そこから一気に商売っけを出してショートショートを一本書いて、原稿料をかせいだ。

ついでに、ＡＢＯでは分類不能な突然変異の血液型を持って生まれた人間を設定した場合、どういう性格づけがされるのか、言えるもんなら言ってみろ、と一人で息巻いていた。

が、しかし。

ひとりで息巻いている間にも、血液型はセイタカアワダチソウのようにどんどん広まり、会社の人事にまで血液型が登場し、クイズ番組まで現われた一昨年、去年あたりで、私の防衛能力も尽きてきた。

思えば、昔から、この手の性格分析まがいのことはあり、「あなた、ひとりっ子でしょう」だの「上におんなキョウダイばかり三人で、末っ子の長男だから」だのといった言われ方を、ある年代の人はしていた。こういう言い方で、ある種の性格を理解しあえる共通の場があった。

しかし今では、家庭環境を取り巻く状況もすっかり変わってしまって、長男も末っ子も通用しないわけだから、代わりのモノが出てくるのも当然かもしれない。

そう考えると、血液型の流行も一般化も、すべては相手を理解しようとするうえでのキッカケを探しているのだと、好意的に思えないこともない。日本人に一番多いのはA型で、A型は集団をつくるのは上手でも、関係をつくるのが下手《へた》だそうだから、不器用なヒトたちが相手を知ろうとして、血液検査にはげんでいると思えば、かわいいものだ、という気もする。

かくして、いま現在、頑固な私も、血液型のお世話になって、友人知人とつき合っている。

ちなみに、冒頭に出てきたグラマー編集者は、たぶんO型である。別に、だからどうだってことは何もないんですけど。

桐壺返り

今、三味線を習っている。

これは、かなりの覚悟で習い始めたものなのである。

思えば、三味線に限らず、お稽古ごとはみんな憧れだった。

日舞、茶道、ピアノにお琴、横笛にバイオリン等々、高雅な趣味というのは、それだけで麗しい。なんとも豊かな感じがする。

なまじズボラな性格だけに、そういう趣味の世界に惹《ひ》かれるのである。

表面の華やかさ、美しさといったムードに酔ってるところも、多分にある。はっきり言って、私はかなりムードに弱い。

和服をきりりと着こなして、踊ったりお茶を点《た》てたりというのは、それだけで、えもいわれず美しい。

別に和服に固執しているわけではないので、この際、乗馬服を着て乗馬するのでもいいし、スポーツウェアを着てゴルフをするのもいい。

奥さま相手のカルチャー教室がはやっていて、それをからかうような風潮もあるらしいけど、私はカルチャー教室大賛成である。

私の一番の夢は、夫の稼ぎの大半を費やして、あらゆるカルチャー教室に殴り込みをかけ、彫金からフラメンコダンスに至るまで、すべてやってみることなのだ。

もっとも、そのためには、まず何より、夫を見つけなきゃならないから、容易にかないそうもない夢だけれど。

こういう私のような人間がたくさんいるから、各種カルチャー教室が繁盛するのだろう。

カルチャー教室と似たようなものに、通信教育というか、通信お稽古ごとみたいなものがある。

ペン字や墨絵などを通信教育するという、あれである。

恥をしのんで告白すれば、私はあれの中毒患者なのである。

日本画、バイオリン、お琴、横笛、みんなあれのお世話になった。

不思議なもので、雑誌や新聞のチラシで、あの手の広告を見ると、なんだか何でもやれそうな気になってくる。

しかも独習というのがしぶくて、泣かせるのだ。

自分の努力次第では、どこまで伸びるかわからないという、無限の可能性を信じさせてくれるのである。

この時、努力しなければ進歩どころか、まともに教材も扱えないということを、ぽっかり失念している。

文机《ふづくえ》の前に端座して、静かに絵筆を動かす自分。

袖をたっぷりとったドルマンスリーブのブラウスに、黒のタフタのスカートを着けて、情熱的にバイオリンを弾きこなす自分。

小さな琴爪をはめて、優雅に琴を弾いてる自分――。

などなどが目の前に浮かんで、気分はいやがうえにも盛りあがり、折り込み葉書で申し込む頃には、最高潮に達している。

純といえば純だが、要するに単純なのだ。

しかし、まあ、楽しいのはこの辺までである。

教材が届いたとたん、どんと現実に直面させられる。

お金を払い込むのはまだしも、教本を読んだり、アレコレ下準備したり、練習したりしなくてはならず、とてもじゃないが勝手な夢想はしてられない。

あ、座ってるだけでバイオリンが弾けるようになるって訳じゃないんだという自明の理が、ここにきて、ようやく理解できるのである。

バイオリンは自分で音を合わせなきゃならないし、日本画は何よりもまず、ニカワをぐつぐつ煮なくちゃいけない。

それならそうと、最初から案内書に書いてあればいいのにとグチッても、後のまつりである。

なまじお金を払い込んであるから、すぐやめるのも腹が立つ。

それでついつい意地になって、お稽古してみるのだが、長続きしたためしがない。

バイオリンは『ドナウのさざなみ』でコケたし、お琴は『てまり』で挫折した。

横笛は『荒城の月』でさよならしたし、日本画に至っては、教本を通読しただけでゲッと唸って、岩絵具を溶きもしなかった。

これは断じて、私が飽きっぽいせいではない。

バイオリンの『ドナウのさざなみ』にしても、これを弾きこなすまでに、ブリッジ三コ、Ａ線やＧ線、合わせて十本以上をぶっちぎって、血のにじむ思いで練習したのである。

ブリッジ一コが九千円、Ａ線はドイツ製だと三千円くらいはした。

弦《げん》を引き絞るたびに、またブリッジを折るんじゃないか、九千円だぞ、少しくらい音が合わなくてもいいや、無理に絞って九千円がフイになったら困る——そればっかり考えてしまう。

弦も、なぜにあれほど簡単に切れるのかというくらい、ビシバシ切れた。

どこが悪くて、こういう目にあうのか伺いたくても、個人教授ではないから、微妙なところが伺えない。

最後には、新しい曲をやるたびに弦の調子を気遣うのが嫌になって、『ドナウのさざなみ』ばかり弾いていた。

どういうわけか、弦と『ドナウのさざなみ』の相性がいいらしくて、この曲を弾いてる時だけは、一度も弦が切れなかったのである。

しかし、延々半年近くも『ドナウのさざなみ』ばかり弾いてると、いかに忍耐強い人でも嫌気《いやけ》がさしてきて、当たりまえではないだろうか。

まあ、そうは言っても、この苦難を乗り越えて、無事に『愛の歓び』あたりまで到達する人もいるのだから、私が中断挫折したことに変わりはない。

こういうお稽古ごとで挫折するたび、思い出すのは、かの『源氏物語』である。

あの長大な物語を読んでいくと、たいていの人は、須磨《すま》の巻のあたりで興味が持続できなくなって、やめてしまうという。

『源氏』をちょっとだけ読んだという人に聞いてみると、この須磨あたりで討ち死にしたというのが案外、多いらしい。

ここで挫折するのを、俗に〝須磨がえり〟というのだそうだ。と、わが敬愛する、母校の教授がおっしゃっていた。

これが一般に言われていることなのか、それとも教授の戯《ざ》れ言なのか、どうも今ひとつ摑みかねているがしかし、真偽はともかく、妙に説得力がある。なんとなれば、私自身が、

〝須磨がえり〟経験者だからである。

高校時代、カシコぶって原典をひもといたものの、主語も客語も省略された、とろろイモみたいな息の長い文章に、こちらが息切れしてついていけず、須磨の次の明石《あかし》でダウンした。

まあ、正確には〝明石がえり〟になるのだろうか。

こういう前科があるので、バイオリンやお琴の第一関門で挫折するたび、

「ああ、また〝須磨がえり〟してしまった」

と雅《みや》びやかに悔いることになる。

やはり芸事というのは――まあ、『源氏』は芸事ではないが――、よほどの執念を持ってる人でない限り、独習などは諦めた方がいいのだろう。

かといって、時折襲ってくるお稽古ごとへの情熱は、やみがたい。

特に原稿が煮詰まってくると、「私の使命は別にあるはずだ。こんな殺伐《さつばつ》とした環境では、人間性が破壊されてしまう」などと思い至って、一気に芸の世界に飛び込みたくなってくる。

今回もそのパターンで、お稽古ごとをやるぞと決心したものの、いかんせん、もう、ほとんど何も残っていなかった。

日舞は小学一年の時に挫折し、茶道は高校のクラブ活動で満足した。

華道は免許皆伝の友人に教えてもらって、半年で挫折した。

琴も横笛も挫折、バイオリンもドナウ河を渡り切ることができず、ピアノは手が小さく、指も短かすぎてパス。

社交ダンスでもと思ったけれど、あれはパートナーがいるので、なかなか自由にならない。

それに、私の母の数少ない趣味が社交ダンスで、ディスコに連れて行くと、マスターと一緒に楽しそうにジルバを踊ったりする。

母のお株を奪うのも、気の毒だろう。

母とくれば父だが、書道五段の父に何年か字を習った。

しかし、いつもにこやかな父が、教える時は声も形相も一変するのを目《ま》のあたりにして、恐しさのあまり挫折……。

こうやって、あれかこれかと考えていくうちに、あまりにも中途挫折が多いことに、今さらながら気づいて、私は愕然《がくぜん》としたのだった。

はっきりいって、ほとんどすべてが〝須磨がえり〟しているではないか。

私は決して、いいかげんな人間ではない、決して飽きっぽい人間ではない、と自己弁護を試みても、事実がみごとに裏切っている。

私が冒頭に、決意をもって三味線を習い始めたと書いたのは、このためである。

こうなったら、モノは何でもいいけれど、せめて第二関門くらいは行きつかないと、我ながら情けない。

いろいろ考えたあげく、まだ三味線が残っていたので、これをやることにした。

しかし、独習はダメである。

いくつもコケてるし、ここで三味線までコケては、いよいよ〝須磨がえり〟の汚名はまぬがれないのだ。

そこで、独習は避けて、一念発起《ほっき》、弟子入りを決意したのであった。

自分のせこい性格からして、高額のお月謝を払うからには、そのモトを取り返そうとして、長続きするのじゃないかというヨミもあった。

運よく、現在の仕事場近くは、昔、花街のあったあたりらしくて、ひょいと小路に入ると、三味線やお琴、お茶やお花といった看板がひっそりと出ている。

私のモットーは、〝思いたったが吉日〟であるから、ただちに目についたお師匠さん宅に電話して、弟子入りさせていただいた。

それが五日ほど前だった。

驚いたのは、お師匠さんが昔ながらの長火鉢の前に正座して、マンツーマン方式で教えて下さることだった。

よくよく考えれば、お稽古ごととは本来そうあるべきなのだろうが、なにせ、通信お稽古とカルチャー教室しか知らない身である。

ＴＶか新派の舞台でしか見られないような、粋《いき》なお師匠さんにも、すっかり圧倒されてしまった。

「はい。あたしのやる通り、やって頂だいナ。指サ。指を見なきゃあ。はいッ」

一葉《いちよう》の小説にでも出てきそうな感じで、さくさくとおっしゃる。

指といったって、こちらは三味線の持ち方も知らず、バチの持ち方もわからない。

それなのに、お師匠さんは平気でツテテンシャンと口ずさみながら、さっさと弾き、あれよあれよの間に終わってしまった。

「あとは、家でさらってサ。ま、筋《すじ》は悪かァないですよネ。ネェ、ちょいと、初めてにしちゃあ、いけてるよね」

と、お稽古待ちの名取りさん達にお声をかける。

この間、二十分かそこいらである。

スパルタを通り越して、もはや唯《ゆい》我《が》独尊の境地に近いお稽古だった。

練習用の三味線をお借りして、家に帰ったものの、どこから手をつけていいかもわからない。

三味線の入門書でも買ってこようかと思ったけれど、

「よけいな知恵、つけないでね。譜はサ、お家元直伝のを、写してね。それが、お稽古。

こうして三味を持って、ただ弾いてサ。そしたら、ナンだからサ。わかるでしょ」と申し渡されている手前、お師匠さん以外のものに頼るのは邪道であろう。

しかし、「そしたら、ナンだからサ」とはいかなる意味であろう。

お稽古のお言葉ひとつひとつが、すでに奥義《おうぎ》の世界であって、およそ意味がわからないという深遠さなのである。

さすが、日本の伝統芸能は奥が深い。深すぎて、とんと、わからない。

これが通信お稽古なら、少なくとも口当たりのいい教本があって、そこそこ理解できる程度の基本的なことは書いてある。

わからなければ、元に戻って、繰り返し読むなり、カセットを聴くなりすればいい。

しかし、お師匠さんの二十分は、過ぎてしまえばそれっきりで、繰り返していただくわけにもいかない。

かといって、何もお稽古しないで次の回に行ったら、バチが飛んで来そうな雰囲気があった。確かに、あった。

ズル休みしようものなら、たった一回のお稽古で挫折したと、われと我が身に刻印するようなもので、プライドが許さない。

私は今、泣く泣く、弦を一本一本はじきながら、『ギッチョンチョン』をさらっている。

部屋の湿気を吸って、弦は微妙に音が狂ってくるし、譜の読み方もわからないし、いったい、どうなるのだろう。

まさか、〝須磨がえり〟どころか、〝桐壺《きりつぼ》がえり〟になるのでは……。

一子相伝の美学

突然ながら、この一年というもの、『北斗の拳』という劇画に入れ込んでいる。

話は超ド級のヒーローがいて、悪人をバッタバッタとなぎ倒すという、私の大好きな時代劇やヤクザ映画みたいな感じなのだが、なにしろ文句なくカッコいい。

いずこからともなく、いかにもとっぽい感じのケンシロウが現われて、悪玉に苛《いじ》め抜かれる。

彼は怒らず、ただ耐えるのみなのだが、その耐えてる様子が、すでに尋常ではない。

あの高倉の健さんが、横紙破りの悪玉一家の三下《さんした》どもにコケにされても、飄々《ひょうひょう》としていたごとくに、わがケンシロウもおとなしく苛められてるので、これは何かあるぞと思うわけである。

彼は決して、自分自身のためには怒らず、たとえば子供が犠牲になるとか、罪もない民ぐさが無惨に殺されるとかして、正義の怒りが爆発し、世にも麗しい無敵の神拳が繰り出される。

シャイな顔立ちの、少年の面影を残す青年が、実は無敵のヒーローだとわかる瞬間は、何度読んでも燃えてきて、思わず、

「ケンちゃん、頑張って！　お姉さんがついてるからね。悪人どもをやっつけてーっ」

と叫びたくなるのである。

怒って闘志が漲《みなぎ》ってくると、中世の甲冑《かっちゅう》に似た上衣がばりばりっと破れるのだが、そのたびに、あー、お側に侍《はべ》って、あのお洋服の繕《つくろ》い役にでもなりたいと夢見てしまう。

私はこれでも分をわきまえてる人間なので、さすがに永遠のマドンナ役のユリアになりたいとまでは、願わない。

大好きな『桃太郎侍』でも、つばめさんにはなれっこないので、せめて桃さんがド派手な緋《ひ》色のお衣裳に、薄物のかづきを被《かぶ》って現われるシーンの黒衣《くろこ》役になりたい、せっせとお衣裳の早替わりをさせて、般若《はんにゃ》のお面を手渡したいと密《ひそ》かに願うくらいである。

桃さんにしてもケンシロウにしても、女がまとわりついてはヒーロー性に傷がつくので、他のファンを刺激しないよう、控えめな役でいいやと自らを律しているのだ。

けなげなファンなので、ある。

ケンシロウの武器というか、決めワザも凛々《りり》しくって、北斗神拳という、名前の凄味《すごみ》だけでも、人ひとりくらいはポックリいきそうな拳法でもって、悪玉に立ち向かう。

昔から、眠狂四郎には円月殺法が、佐々木小次郎には燕《つばめ》返しという切り札があって、

何がなし、ともかく強いという幻想を抱かせるのだが、北斗神拳というネーミングはまた、格別にいい。（入れ込んでいるので、〝いわしの頭も信心から〟のごとく、何でもかんでもイイのである）

どういうわけか、北という方角、語感には孤高を思わせるところがある。拡大解釈すれば、耐えるとか、忍ぶとか、そういう言葉までが導き出されてくるのである。

失恋した女の子が旅するのは、必ずや北であって、間違ってもめっぽう明るい南の奄美大島とかではないという永遠の謎までが、なぜかふと思い出されるくらい、北には哀愁がある。

その、耐え忍ぶ北の美学を一身にしょったケンシロウの胸には、北斗七星を思わせる傷があって、そういう判じ物めいたところがまた、ヒーローをヒーローたらしめる要素のひとつなのである。

さらに凄いのは、

「おまえはすでに、死んでいる」

という、あの有名な決めのセリフで、このレトリックの微妙さは絶品である。

このセリフを言われて、悪玉が「ぬぁにー」とか喚《わめ》いたとたん、グワッシュと肉体が破裂するわけなのだが、その間あいというか、タイミングが実にもう、時代劇の殺陣《たて》並みに、すでに様式美化するほどきまっている。

たとえば、時代劇のヒーローと悪玉がすれ違いざま、剣を合わせて、離れる。

どっちがやられたのか、わからない。

いや、もちろん、ヒーローが勝ってるはずなのだが、それをギリギリまで引いておいて、

ヒーローの袖がぱらりと落ち、腕にすすーっと血が流れる。

えっ、まさかっ！　と思ったせつな、ヒーローが剣を鞘《さや》に納め、チャリンというその音が合図のように、悪玉はばったりと倒れる。

このノリは、ほとんど生理的快感で、理屈のつけようがないが、ともかく妙に興奮する。

わがケンシロウの「おまえはすでに、死んでいる」のセリフも、いってみれば時代劇ヒーローの剣を納める音みたいなもので、彼がこのセリフを言い、次の瞬間には悪玉が死ぬわけで、理屈はさておいて、ともかく勝ったねと実感し、ある種の美的陶酔までが味わえるのである。

ほんとうにもう、何から何までお気に入りの愛《いと》しのケンシロウ君だが、実は私が一番燃えているのは、かの北斗神拳が一子相伝の拳法だという設定のみごとさなのだ。

一子相伝。

つまり、親が子の一人だけに奥義を伝えて、他には決して洩らさないという、家元制度の親分のごとき伝承方法である。

私のケンシロウは、並いる兄達を退けて、唯一の北斗神拳伝承者となった無敵のヒーローであると同時に、一子相伝からはずされた兄達の恨みつらみの的でもあるわけで、当然、そこに骨肉のドラマが約束されている。

外からは襲いくる悪玉、内からは迫りくる怨敵という、内憂外患的四面楚歌的孤立無援の愛しのケンシロウは、いやがうえにも孤独なヒーローの宿命を背負って、女ゴコロを揺さぶるのである。

しかも、一子相伝ということになると、私のケンシロウもいつまでも独身ではいられない、北斗神拳の灯を絶やさないためにも結婚はさておき、子供だけはつくってもらわなくちゃとか、亡きユリアが実は懐妊していて、双子を生み落としていたかも……などと、女であるがゆえの、痒《かゆ》いところに手が届く心配までしてしまって、ファン稼業もそれなりに忙しい。

惚れ込むと歯止めのきかない性格だから、北斗の拳バッジやシール、果ては北斗の拳掛け軸まで買い求め、『北斗の拳』ノベライズの企画が持ちあがった時は、なにとぞこの私めをご推挙下さい、不肖《ふしょう》ながら命を削って努めますと合掌する毎日、なのであった。

ところが。

先日、調べる必要があって、出雲《いずも》関係の本を読んでいた。私も、『北斗の拳』に入れあげるばかりではなく、少しくらいは、あの、……ちゃんと仕事もしてます。

で、本を読んでいくうちに、〝一子相伝〟という、見慣れた文字をみつけた。

粘着質の私にとって、一子相伝といえば、もはや『北斗の拳』以外にない。

出雲と『北斗の拳』は、どういう関係があるのか。

と思って、あわてて読み返して、気が抜けた。

なんのことはない、隠岐《おき》の春祭りに木遣歌《きやりうた》を歌う慣わしで、その木遣歌が一子相伝だというのである。

おちついて考えれば、一子相伝という、何とも神秘的な伝承方法の大本は、神と巫女《みこ》の誓約に求められるのだし、その神さまのお祭りの歌が一子相伝というのは、至極もっともなことであった。

一子相伝の木遣歌を歌う伝承者は、そうやって神さまと人間の仲介を果たしてきて、一方の民衆は、自分達には知りようのない神さまと人間の誓約のあかしを、その伝承者の存在で確認して、安心して日常生活を営める。

そういう民俗学、もしくは人類学としての図式と構造は、理性ではよくわかるのだが、いかんせん、心がすでに『北斗の拳』してるので、どうもよろしくない。

一子相伝の木遣歌をめぐる骨肉の争いが、私の頭の中で、いつのまにかドラマチックに展開してしまうのだ。

耐えがたきを耐え、忍びがたきを忍んで、木遣歌の奥義を極めんとする木遣歌五兄弟かなんかがいて、現伝承者たる父の特訓のもと、稽古にはげんでいる。

木遣歌の特訓というのが、今ひとつ、わかるようでわからないが、呼吸法とか発声法、声の張りとか、いろいろあるのだろう。

わが愛すべき故郷、北海道は江差《えさし》という漁村では、年に一回、正調江差追分名人戦という民謡大会があって、出場者全員が、ただ一曲、江差追分という民謡を歌い、いかに正調に近いかを競って、その年の正調江差追分名人を決めるという、典雅といえばあまりに典雅な催しをやっている。

地元の新聞か何かで、その年の名人のインタビューを読んだが、

「正調は奥深くて、私など、まだまだです。しかし十年後には、なんとか形だけでも摑めるのでは……」

というようなことを、おっしゃっていた。

数ある民謡の中のたったひとつ、江差追分にしても正調があり、名人がおられて、しかもその名人も日頃の鍛練を怠れば、翌年にはタダの人に転落してしまう。

こういう過酷にして峻厳な世界がある以上、一子相伝の木遣歌をめぐる争いというのも、それなりのリアリティがあるではないか。

われこそ長子、伝承者の資格ありと自負する兄さんや、実力ではオレが一番とおごっている二男、三男、四男と続き、無欲で心優しい末っ子がいる。

こういう兄弟ものの場合、どうしてか末っ子がいい役なのである。

『ブーフーウー』でも、ウー坊が一番いい子だったし、『イワンの馬鹿』も、とろいイワンが実は賢くて、いい目をみている。

そういうわけで、末っ子はただ一途《いちず》に、いい木遣歌を歌い、いずれ伝承者が決まって自分が洩れてしまえば、その時は心のどかに畑を耕して、清く静かに暮らそうとけなげに思っている。

だがしかし、一子相伝の伝承者に選ばれるのは、兄弟や本人にとっては意外で、読者にとっては先刻ご承知の末っ子であった。

ドラマはここから始まる、のだが……。

しかし、木遣歌で、どうやって血で血を洗う争いになるのか、肝心かなめのところで、さすがの私も想像できなくなった。

わが聖書『北斗の拳』の場合は、モノが拳法だけに、真の伝承者は一番強い。

ゆえに、一子相伝から洩れた者が戦いを挑《いど》んでも、北斗神拳どうしで戦って、壮烈かつ華麗に決着がつく。

しかし、木遣歌となると……、正直なところ、どうなるのだ。

一子相伝から洩れた長兄が、末っ子に戦いを挑むとすると、やはり、モノは木遣歌であろう。

兄さんが弟の前に立ちはだかり、正調木遣歌を受けてみよとばかり、音吐朗々と木遣歌を歌い出すのはいいとして、弟はどうやって対抗するのだろう。

やはり、正調木遣歌を歌い返すというのが順当だろうが、この決着のつけ方がわからない。

神さまに捧げる歌だから、天空が裂けて落雷するとか、そういう解決方法しかないのじゃないか。

それはそれなりにドラマチックだとは思うが、どうもふたりが睨《にら》み合って木遣歌を歌い合う絵づらは、間《ま》が抜けているような気もする。

やはり、ここは奥義を得るために壮絶に闘ってくれないと、一子相伝という神秘的、かつ禁欲的な枠組みが活《い》かされないのだ。

その点、やっぱり『北斗の拳』はえらい。ドラマツルギーがしっかりしている。現実の一子相伝はだらしがない。

などと、罪もない一子相伝の木遣歌に、勝手な不満をぶつけていた折も折、またまた、思いもかけないところで、一子相伝を見つけた。

それがなんと、ヨーカンづくりの老舗《しにせ》の話で、その店伝統のヨーカンの製法は、かの〝一子相伝〟だというのである。

しかも、その一子相伝の味というのを、どうもキャッチフレーズにしてるらしいフシがある。

愛しいケンシロウをヒーローたらしめていた一子相伝が、木遺歌を経て、ついに一子相伝の味、ヨーカンにまでいきついたかと、私は呆然とし、かつ、涙した。

老舗には、門外不出の製法だの、秘伝だのはつきものである。それくらいは、理解できる。

その門外不出の製法というのが、純粋に企業秘密であると同時に、そうやって秘密にすることで権威づけて、一種の付加価値を高めようとする商法上の戦略だというのだって、よくわかっている。

しかし、こういっては何だけれども、モノはお茶請けのヨーカンではないか。

なんでヨーカンぐらいで、一子相伝ときばらなきゃならないのか。

木遺歌の場合は、まだしもその素朴な宗教性において、一子相伝は納得できた。

しかし、繰り返すが、ヨーカンである。

この後継者不足の折、跡継ぎになる子供がふたり以上いるのなら、その幸運を喜び、製法くらいオープンにして、ノレン分けさせればよさそうなもんである。

きっと、ほんとのほんとは、後継者不足に悩んでいて、子供達の中で一番気の弱そうなのを選び、説得に説得を重ねて、ようやくヨーカンづくりを続けているのだ。

それを一子相伝などという言葉で、粉飾しているのだ。そうに違いない、こしゃくな老舗だ。

そうではない、ほんとに一子相伝を守っているというのなら、一子相伝という言葉の重量感に見合うだけのドラマを見せてもらわなくては、私としても納得できない。

一子相伝のヨーカン製法をめぐる、骨肉の争い……。

なんだか同族有限会社の内紛みたいで、情けなくなってくる。

現実って、こんなもんなんでしょうか。

記憶

記憶のシステムというものが、どうなっているのかよくわからないけれども、時々、昔の流行歌なぞを耳にすると——私の場合、それはＧＳ《グループサウンズ》音楽だったりするのだが——、それが流行っていた頃の世相に始まって、自分が当時、何を考えていたのか、どういう型の服を着ていたのかに至るまでを思い出して、茫然とすることがある。

これは聴覚によって惹起《じゃっき》される思い出で、この他にも味覚とか嗅覚とか、要するに五官が過去と同じ刺激を受けると、何かしら思い出すものなのだろう。

しかも、そういう記憶は、もしかしたらメモや写真といった記録よりも、よほど根深く、鮮明かもしれない。それがおよそ主観的で、客観性に欠けるうらみがあるにしても。

こんなことを思うのは、つい最近、えらく奇妙な経験をしたからだった。

ある日突然、ひどく悲しくなり、わが身の腑甲斐《ふがい》なさや将来の不安、手痛い喪失感に襲われて、身動きがとれなくなってしまったのである。

将来の不安に関しては毎度のことなので、さして不思議でもないのだけれども、他のもろもろの感情や感覚には、原因らしい原因がない。

二、三日悶々《もんもん》として、ようやく納得した。

銀行の渉外員のおじさんが置いていった名刺を見つけて、思い当たったのだ。

その渉外員のおじさんは、実に、男性用かつらをつけていたのである。

それは最近では滅多に見かけない、かなり古い型のものらしく（最近のは、本当に精巧だそうだ）、いかにも、かつらだ！　という感じのかつらだった。

別に私は、かつらをつける人を揶揄《やゆ》するつもりはない。むしろ様々な努力をして、あらまほしい姿に近づくのは、女性の化粧と同じようなもので、その心根が初々しい。しかし、何であれ、不自然すぎるというのも考えもので、強引に家に上がり込んだおじさんが、言葉を尽くして預金の必要性を説いている間、やたらとふさふさした立派なかつらばかりが目について、私は俯《うつむ》きっぱなしだった。

憂鬱《ゆううつ》は、その直後から襲ってきたのだ。

話は飛ぶけれども、私は大学を卒業した年に、親元を離れた。

父は実直な国鉄職員で、母は田舎の名家育ちの善良な主婦、姉は教師という堅実な家庭で、両親は私の将来についても、それなりの夢を持っていた。

地方の名門女子大を卒業させた後、地元のしっかりした会社に二、三年勤めさせ、その間にお見合いをさせて、できることなら医者か弁護士あたりと結婚させたいという、いつの時代も変わらない、ささやかで、切実な親の夢である。

同年代の友人と話していると、どうも私の両親の時代錯誤ぶりが感じられて、うちは古いのかしらと思うけれども、ともかく両親は私の将来に、そういう希望を持っていた。娘の容貌を度外視して、勝手に妄想をたくましくしていたフシもある。

そういうわけで、文章を書いて生活したいという私とは、毎日のように衝突していた。大学を卒業する頃には、話し合う余地もないほど親娘の関係が険悪になっていて、私は家出同然で独立したのだった。

独立というと聞こえはいいものの、高校時代の友人ふたりに呼びかけて共同生活を頼み、なんとか生活費を切り詰めるという、実にもう、赤貧洗うが如しとはこれかと実感する生活に突入した。

ずっと親丸抱えの生活をさせてもらって、大学まで出してもらい、あげくに喧嘩して家を飛び出した以上、親の援助を期待できる身分ではない。

かといって、書いたものがすぐ活字になるわけはなく、学生時代にせっせと貯め込んだ貯金も目減りしていく。

この豊かな時代に、お金がなくて外出もできず、家に引き籠《こも》ってキャベツの千切りを食べる破目《はめ》になろうとは思わなかった。いい経験だと自分を慰めてみても、世間知らずの身にはお金のない惨めさが応《こた》えて、なんとも辛《つら》い毎日だった。

それにもまして応えたのは、月に何度かかかってくる母からの電話で、それがたいてい見合いの話だった。

おまえもそろそろ世間てものがわかっただろう、結婚して親を安心させてちょうだいと泣き声で言われると、それが本心から娘の愚行を恥じて、心配で心配で、あらゆるツテを頼って見合いダネをかき集めているのが察せられるだけに、何とも言えなかった。

私は田舎育ちのせいか、血の絆《きずな》というものに、めっぽう弱い。

親兄弟の顔を潰《つぶ》したとか、一族の面汚しとか言われると、それだけで身も世もない悲嘆に沈んでしまって、出家遁世《とんせい》したくなってくる。

「この前、実家に帰った時、お祖父ちゃんもお祖母ちゃんも、いつ、おまえの孫の顔が見れるかと言ってたよ」

などとかまされると、もう駄目で、そんなのはお涙頂戴だと踏んばりながらも、どーんと胸を突かれてしまって、言い返すことができない。

だから、わが共同生活体の荒れ屋にある唯一の文明の利器、友人が権利を持っていたので取り付けることのできた電話がジャンと鳴る時はいつも、恐怖だった。

ふたりの共同生活者にはめったに電話がかかってこないから、たいていは私の母からに決まっていた。

見合い話か、さもなければ泣き落としだと思うと、それだけで気が重かった。

そのうちに、電話が鳴っても受話器を取らなくなっていた。

共同生活者が勤めに出ている日中にかかってくる時は、鳴り続けるままにしておき、彼女達が取る時は居留守を使ってもらう。

鳴り続けるコールサインの中で、ぼんやりしているのも、それはそれで惨めだったけれども、母が嬉しそうに、新しい見合いの相手についてあれこれ説明するのを聞くよりは、はるかに楽だった。

そんなある日、また電話がかかってきた。コールサインが三十回ほども続いた。いつもと違って長いなとは思ったけれど、放っておいた。

夜にもう一度、かかってきた。

その時は友人達も仕事から帰っていて、今さら電話に出て、こんな時刻に私が出かけていると居留守を使うのも見え透いているというので、三人の納得ずくで放っておいた。

三十回か、もしかすると四十回ほども鳴り続けて止んだ時、ふと、嫌な予感がした。見合い話や泣き落としにしては、夜も遅いし、コールサインも長すぎた。

折り返し、家に電話を入れようかと思いながら、私から電話をすれば、それが直《ただ》ちに折れたことになる雰囲気が、私達親娘の間にあった。

とりたてて罵《ののし》り合いをしたわけではないのに、私と両親の関係はそこまで、こじれていた。私は電話をしなかった。

　翌日も早朝から、電話が鳴った。

その時ばかりは、意地も何もなく、すぐに受話器を取った。

父からだったが、彼の声は強張《こわば》っていた。

母方の祖父が昨夜遅く亡くなったこと。孫の中でも一番可愛がっていた私に、最期まで会いたがっていたことを、父は手短かに話した。

最初に電話があった時には、まだ祖父の意識があったことを婉曲《えんきょく》に知らされて、

「昨日は、どこに行ってたんだ」

と詰問とも違う、言うに言われぬ口調で尋ねられた時、私は言葉を失っていた。

すぐに田舎の祖父の家に来るよう告げて、電話はあっさりと切れた。

私は取るものも取りあえず、電車に乗って故郷に帰り、ひとまず両親の家に行った。田舎の祖父の家に行くには、二時間に一本のバスしかなく、バスは出た直後で、タクシーを飛ばすにはお金がなかった。

　両親の家には鍵がかかっていて、人の気配がなかった。両親も姉夫婦も、すでに実家に駆けつけた後だった。

　鍵の場所はわかっていたので、誰もいない家の中に入った。

一時間ほどもぼんやりしているうちに、ふいに自分の身なりに気がついた。慌てていた

のでGパンにTシャツ姿で、黒物を身につける余裕もなかったのだ。

　母は昔気質《かたぎ》の人で、喪服や紋付き、黒絵羽織から結婚後の訪問着に至るまで、きちんと用意してあり、何か事があっても娘達に恥はかかせないと、常日頃から言い言いしていた。

そういう時の母は、本当に幸福そうで、また誇りを持っているようだった。

どこかに喪服か、喪服とまではいかなくても黒の礼装服があるはずだったが、どこにあるのか私には見当もつかなかった。

簞笥《たんす》を開けようにも、奥の間にある母の簞笥二棹《さお》には、昔から触れてはいけない禁忌のような雰囲気があり、姉も私も、勝手に触れたことがなかった。その時も、やはり触れるのはためらわれた。

　かつての自分の部屋には、家を出る時に残していった大部分の服が、そのままあった。けれど、黒っぽいものはひとつもなかった。

汚ないGパンにTシャツよりはまだ礼にかなうかもしれないと、柄物を避けて、白いブラウスとスカートを引っ張り出して着替えた。その時、その装いが精一杯に思えたのは、やはり混乱していたのと、世間知らずのなせるところだったのだろう。

　田舎の祖父の家に駆けつけると、家はごった返していた。

田舎の名家なので、神主や巫女さんを始め、農協幹部や銀行関係者、はては市議の秘書とかいうのまでがうろうろする始末で、両親の姿を見つけることもできない。

結局、父が私を見つけた。そして、私を見るなり、

「おまえ、そんな格好で……」

と絶句した。

体面を気にするというより、どこまでも世間知らずの私が、こういう場合も不義理をしているのを、時が時だけにいっそう悲しんでいるようだった。

すべてが沈んだ色調の中で、真っ白な服装の私は人目を惹いたらしかった。

視線を痛いほど感じながら、祖母のところまで進んだ。

「最期まで、サチコに湯たんぽをやれってね。そればっかり言ってね。何を思い出してたんだろうね」

祖母は泣き笑いしながら、言った。

私の名はサチコではないのだけれども、どういうものか祖父は昔から、私をサチコと呼び、それはもう、私がもの心ついた時からのことだった。

小学生の頃までは、「サチコじゃないよ」と聞き咎めていたけれども、それもいつのまにか止めてしまって、祖父と私の間ではサチコで通っていた。

誰しも、亡くなった人に一番愛されていたのは自分だと思うものだ、そういうものなのだと言い聞かせても、それでもやはり、私が一番可愛がられていたと思う。

祖母もそう思っていたのだろう。責める口吻《くちぶり》ではなく、ただ最期に間に合わなかったこ

とを、祖父と私のために悲しんでいるようだった。

間に合わなかったのは、すべて自分のつまらない意地、見合い話や泣き事から逃避するための青くさい、子供じみた意地のせいだっただけに、私は言葉もなく俯いていた。

私があまりにしょげて、めそめそしているのを見かねたのか、手伝いに来ていた近所の小母さんが私を呼んだ。

応接間で、喪主の叔父に、冠婚葬祭入門書から丸暗記してきたようなお悔やみの言葉を述べて挨拶している人を、ガラス戸越しに目で示して、見ろという。

その人は、当時には珍しい、男性用のかつらをつけていた。まだ珍しいものなので、似合う似合わないを度外視した不自然さが、やけに目立った。

あまりにも、かつらだとわかる代物であるために、お勝手で接待の準備をしていた親族の女衆や近所のお母さん達の、失笑を買っていたらしい。

沈んでいた私を慰めるために、その笑いに加われというのだった。

田舎には不思議な逞《たく》ましさ、生命力とでもいうべきものがあって、仮通夜だろうと本葬儀の席だろうと、目引き袖引きの噂話や人物批評は常に、生き生きと行われる。

私も思わず、女達と一緒になって笑った。

確かに、どう見ても、そのかつらは人間の死には不釣り合いなほどの存在感があって、それだけに滑稽《こっけい》で、笑わずにはいられなかった。

笑いながら、けれどやはり、その笑いは苦かった。現実の滑稽さ、それをどんな時でも笑い飛ばす同じ現実のしたたかさを、痛烈に思い知らされていた。

将来の不安、挫折感や後悔の念、親との相克《そうこく》、愛する者の死、そんなものをぼんやり嚙みしめながら、私はガラス戸越しに男の人の頭を睨みつけて、いつまでも笑い続けた。

あれから数年たった今、あの時と同じ型のかつらをつけた渉外員の初老のおじさんを見て、私はどうやら祖父の死そのものではなく、その時私を支配していた感情、感覚、環境の雰囲気といったもののほうを、いつのまにか身内に甦《よみがえ》らせていたらしいのだ。

忘れたいことはいつも、無数にある。

なのに、思いもかけない符牒ですべてを甦らせてしまう記憶のシステムを、私は不思議にも憎らしくも思う。

男性用かつらはいささか突飛すぎるけれども、それに限らず、私は知らず知らずのうちに、まだいくつもの符牒を抱え込んでいるはずである。これからも抱え込むだろう。

そうして、その符牒で呼び醒まされる、また別の記憶があるのだろうと思うと、なにか悲しくなってくる。

そういう記憶が楽しいものばかりであるには、私はまだ、少し若過ぎるのかもしれなくて。

女の長電話

私は、おしゃべりだそうである。

だそうだと伝聞の形で書くのは、自分では今ひとつ、自覚がないからである。

おしゃべりどころか、自分では無口だと思っているところもあった。

なんといっても私の理想は、〝不言実行〟である。

寡黙な人間というのは、それだけで何がなし、賢い感じがする。

なのに友人どもが、

「もう、ほとんど機関銃ね。だだだだだってまくしたてられると、何も言えない」

「下手な小説書いてるより、スタンダップコミックやったら？ 講演てのは、駄目よ。早口で、何言ってんのかわからないから」

などと言いたいほうだい言う。

あんまりクソミソに言うので、さすがにムッときて、

「私、無口よ。だって、ひとりの時は、あんまりしゃべらないもの」

と反論したことがあった。

自分では説得力があると思っていたのに、友人どもは奇妙な顔をして黙り込んだ。

ひとりの時はしゃべらないから、無口だ——というのは、おかしいのだろうか。

そういえば、少しおかしい気もした。

それに、多少事実に反すると素直に反省して、

「いや、そういや、ひとりの時も少しはしゃべるけど」

と譲歩すると、ますます奇妙な顔をされてしまった。

よく考えれば、ひとりの時もしゃべるなどとは、まるで独言症みたいである。

「いや、独り言じゃなくて電話でさ」と補足しようと思ったけれど、止めておいた。

言えば言うだけ、無口だという主張から遠ざかる気がしたのである。

残念ながら、私はおしゃべりなのかも、しれない。

特に、月末に来る電話の勘定書きを見るたび、眩暈《めまい》を覚えながら、そう思う。

なにしろ数字が六個ならび、働いたお金がすべて、おしゃべりになって消えていく。

高額の電話代に怒り狂って、北海道から東京の友人に電話をかけ、

「あんたと長電話したおかげで、電話代で首括んなきゃなんなくなったわよ。どうしてくれる」

となじる。

そしてまた、数字が増える。毎回、このパターンである。

私は今年、短期間の予定で東京に仕事場を借りるという、生意気なことをした。

友人や編集者の方には、

「いや、仕事しようと思って。頑張ろうという気持ちの表われです。あっはっは」

などと見栄《みえ》を張っているが、何のことはない、本当の理由は長距離電話代を少しでも節約するためなのである。

副都心に部屋を借りても、北海道にいた頃の電話代でおつりがくるというのだから、われながら凄い。

長電話の最高記録で、北海道↕東京の十二時間というのがある。

夜の八時頃にかかって来て、遅い夕食をとってる時だったので、食べながらしゃべり、コードを引っぱってトイレに行きながらしゃべり、歯をみがきながらしゃべり、お茶をいれながらしゃべり、原稿の清書をしながらしゃべり、夜食のインスタントラーメンをつくりながらしゃべり、寝転びながらしゃべり、朝がきて朝刊を読みながらしゃべり、ＮＨＫのＴＶ小説が始まるというので、ようやく双方合意のもとに電話を切った。

受話器を置いた時は、さすがに少し、頭痛と耳鳴りがした。

何をそんなにしゃべっているかというと、およそ内容のないことばかりで、

「今、ご飯食べてるの」

「あ、今、トイレ入ったとこ」

「朝刊がきたよ。あんたんとこは？　え、読売？　うち朝日。ね、一面トップ、そっち何？　うーん、紙風の違いが如実ね。見出し読んでみてよ」

と実況中継をやっている。

向こうでも、コーヒーをいれただの、夜が明けてきただのと実況中継している。

実況中継だけでは間がもたないので、当然、話は多岐（？）にわたる。

「今、清書してるんだけどさ。肩、こるのよ、受話器もってると。辞書引きにくいしさ。両手が使えないもん。前に一度、受話器を耳に当てたまんま、タオルで頭に括りつけてみたことあるのよ。そう、あれやると両手が使えるけど、重いし、話が頭にこもる感じがして、三十分ともたなかった。あれね、ヘッドホンていうか、インカム式の電話ってないのかしら。ヘアバンドみたいにして、耳に受信器当てて、口の前に送信器が突き出てるようなの。そういうの、あると便利よう。両手自由だもの」

などとろくでもないことを言っているうちに、ぱっとひらめいて、

「ねえねえ、そのうちにインカム式の携帯用超小型電話ってできると、おもしろいわね。超小型だから、着装しても目立たなくて、口元に絹糸並みの送話器がちらっと見えるだけなのよ。みんな、日常生活でも、それを着装するのが普通になって、街を歩く時も食事してる時も、終始ぶつぶつ言ってるの。集音効果が抜群だから、呟《つぶや》いたり囁《ささや》いたりするだけ

で、通話できるのよ。今よりもっと、排他的な世の中になるわね。日常生活してる時も、現実無視して、興味のある人としかしゃべってないんだもん。うーん、世紀末的。そのうち、目の前で殺人事件が起こって、犯人が逃走する時にも、『わっ、殺人よ。うん、人が殺されたぁ、きゃー、こわい。警察に知らせなくちゃ。うんうん、こんな経験初めてよう』なんておしゃべりに夢中で、犯人も追っかけずにしゃべり続けたりして。わ、現代の閉塞《へいそく》状況をスルドク抉《えぐ》ってる。このアイディア、いい？　ショートショートで書けるかな。でも、主人公は女の人でなきゃ成り立たないかもねえ」

などと、アイディアを捻出したりもした。もっとも発想があまりにいじましいので、結局、書かなかったけど。

そのうち、そういう馬鹿馬鹿しいことを、高い電話代をかけてしゃべっているのが、さすがに気がひけてきて、

「ねえ、この電話代、どのくらいすると思う？　もう八時間よ」

「あ、まって。ここに、電卓ある。計算するからさ」

「九時以降は六割引きだっけ」

「え、五割引きじゃないの」

「違うわよ。六割引きよ」

「あれ、四割引きってのは？」

「それ。七時以降にかけたやつよ」

「ねえ、じゃあ七時以降にかけて、九時を過ぎてもしゃべってる場合、料金はどうなるのよ。よくあるじゃない、そういうこと」

「七時以降にかけたのが、コンピュータか何かに記録されて、料金が打ち出されるんでしょ。ずっと四割引きと違う？」

「そんなの、おかしいじゃない。九時を過ぎたら、自動的に五割か六割引きになるんじゃないの」

「そうかもしれないけど」

「どっちよ。計算できないじゃない。わからないと」

などと、三十分以上、その話になった。

実になんというか……、女の長電話もここに極まれりだと、われながら感心した。

長電話仲間のひとりは、ついにキャッチ・ホンにした。

あんまり長電話をしていて、出版社からかかってくる電話がまともに通じたためしがなく、編集の方に注意されたというのである。

長電話していて、切るキッカケがない時にも、キャッチ・ホンはいいかもしれないわ、と彼女は決然と言った。

私は私で電話代に泣き、彼女は彼女で、

「電話代払うために、原稿書いてる気がする。まっとうじゃないわ、こんなの」を口癖にしていて、長電話をなんとかしたいと切に願っていたらしい。

私たちがしゃべっているところに、例のプップップッという音が、しばしば入り込んでくるようになった。

数時間しゃべりづめだった私たちは、双方あわてて別れの挨拶もそこそこに、電話を切る。

切らなくても、一方を待たせておくこともできるのだが、なにせ長距離である。

待ってる間も通話状態は変わらないから、お金がかかる。

しかも、彼女にかかってくる電話は、仕事の連絡といった事務的な通信以外、すべて電話友達である。いつ話し終わるか、なりゆきしだいで、わからない。

それで、プップップッの時は、すぐ切ることにしたのである。

確かに長電話は短縮され、キャッチ・ホンの威力はいや増すかに見えた。

しかし。

しばらくすると、キャッチ・ホンの彼女から、折り返し電話がきて、

「いや、別に何の話もないのよ。ただ、話を中断されると、妙におちつかないでしょ。どうせ、ろくなこと話してなかったんだから、続きはどうでもいいんだけどね。とりあえず、おちついて別れの挨拶しようと思って」

と言う。

「うん、そうね。私もおちつかないから、電話してみようかなと思ったんだ。でも、あんたんとこキャッチ・ホンでしょ。こっちから電話して、お話し中に邪魔しちゃ悪いと思って待ってたの」

「うん。あたしも後のほうの電話が終わってから、そっちからかかってこないかなと思ったんだけど、きっと遠慮してかけてこないんだろうと思ってさ。なんだか損ね、キャッチ・ホンて。あたしいつも、途中で切った友達のとこに電話し直すのよね。ま、とりあえず、そういうことで」

「うん。じゃあ。あ、ねえ、今の電話、誰からだったの」

「それがねえ。ねえねえ、聞いてよ」

彼女は嬉々として話し出す。

まず、こういった経緯《いきさつ》で、新しい話題を得て、長電話は新たな展開を見せ始め、ＮＴＴは着実にお稼ぎになるのだ。

個人宅にしては、あまりに電話代が高額である。あとで機械の故障と言いたてられては困ると思ったのか、旧公社の頃、電話局から電話がかかってきたこともある。

「この額で間違いありませんか。通話した覚えはありますか。お子さんがいらして、遠距離をかけているということも考えられます」

と尋ねられた。

「間違いありません」

とそこは自信をもって答えると、電話の向こうで一瞬沈黙があり、

「ご利用、ありがとうございます」

と心のこもったご挨拶があった。

ＮＴＴならいざしらず、旧公社からこのセリフを引き出したのはたいしたものだと、妙にしんみりした。

長電話もここまで年季を入れてくると、電話のプロになってきて、一度、長電話中に、

「失礼します。電話局のものですが」

と男性の声が割って入ってきた。

「そちら、○××ですか。実は、そちらに何度もかけたところ、ずっと通話中である、受話器がはずれているのではないかと、問い合わせがありまして」

と言う。

何事ならんと、問い合わせた人間の番号を聞いて、電話してみると、

「いつまで長電話をしてれば、気がすむのよ。もう五時間、ダイヤル回しっぱなしで指が痛いわ。だから、キャッチ・ホンにしろって言ってるのに！」

と開口一番、怒鳴りつけられた。

電話局に故障を言いたてるとは、何かよほどのことがあったのかと青くなっていると、

「実は、バーゲンですごくいい出物、買ったのよ。誰かに自慢したくって」

と、ゆるゆるとしゃべり出す。

電話仲間の電話の執念は、電話局まで動かすのである。

孤独な女たちが黒い電話機を抱え込んで、密やかに夜をさまよっているともいえるし、陽気でおしゃべりな女たちが受話器を片手にストレス解消してるともいえる。

どちらにしても、夜はコールサインが鳴り響き、楽しくも賑やかに過ぎていく。

楽し過ぎて仕事が延び延びになり、ついに友人の電話がかかってこない某所で、原稿を書かなければならなくなったことがあった。

「絶対に、誰にも居場所を教えてはいけません。電話がかかってきて、仕事がはかどりませんからね」

私の長電話癖を知ってらっしゃる編集者は、穏やかに、しかしきっぱりとおっしゃった。

仕事が遅れているので反駁《はんばく》するわけにもいかず、「そうよ。だいたい、いつまでも長電話している場合じゃないんだわ」と自らを鼓舞し、おとなしく原稿用紙を抱えて、某所に閉じ籠った。

籠って数日後、静かだった室内にコールサインが鳴り響き、交換手が「お電話です」と言った。

原稿の催促に違いない、とおののいていると、

「やった！　ついに居場所を突き止めたわ」

なつかしい電話友達の声がした。

「きっと籠ってると思って、入りそうなとこ、片っぱしから電話したの。ううん、用事はないのよ。ただ、電話したくて」

「私も、電話したかった」

「あ、仕事中でしょ。また電話する」

「うん、仕事終わったら、こっちも電話する」

「早く終わって、思いっきり電話しようね」

「うん、頑張る」

早く電話をするために、私がせっせと仕事をしたのはいうまでもない。

なんというか……。

われながら、こんなに電話ずくめで、しかも長電話でいいのかしらと反省する。だから時々、友達に電話をかけて相談する。

「ねえ、こんなに長電話して、いいと思う？」

間違い電話はミステリー

それは一見関係ないようだけれど、『二代目はクリスチャン』のビデオ鑑賞会をやった夜だった。

同じマンションの別棟に住む漫画家の友人が、『二代目はクリスチャン』のビデオ持参で遊びに来た。映画館でこれを観て、最後には嗚咽《おえつ》しながら笑い転げた傑作だから、何が何でも観ろと言う。

どれどれと観てみると、ほんとに画面のひとつひとつが可笑《おか》しくて、役者さんのひとりひとりがぴかぴかで、小さな仕掛けがわざとらしさを突き抜けて効いていて、たまたまお正月番組の『徳川風雲録』を一日じゅう観続けて視聴率アップに貢献していた私は、これからの自分の理想像は、三國連太郎→若山富三郎→萬屋錦之介を経て北大路欣也だ！　との確信を深めてる最中でもあったので、北大路欣也の賭場《とば》の出のきっかけに随喜の涙をこぼし、教会襲撃の際の弾丸がひとつしかないピストルの仕掛けに泣き、シスター今日子がベールからピンを抜く一瞬にしびれ、雨の降りしきる橋のたもとで北大路欣也とばったり出遭うシーンでは、感極まって号泣するという、身も心も奪われるビデオ鑑賞会となったのではあった。

その後、興奮さめやらぬまま、

「あたし、もう絶対、キネ旬のベストテンなんて信じない」

「小手先の器用さばっかり追っかけてる賞取り映画より、ずんとマシ。どうして評論家はほめないんだろ、これを。どうも、あたしら一般大衆と評論家の間に、深くて暗い河があるみたい」

「評論ってさ。小林秀雄以来、評論イコール己れの内的宇宙を語るみたいな図式ができちゃってさ。小林秀雄みたいな知性がやるから凄いんで、凡人がやると他人のフンドシで相撲取るだけだってのがわかってないのよ。モノ申す時は、映画でも小説でも、自分はこういう鋭い見方ができますって自己宣伝だし、アラ突つくのを批評だと思ってるみたいだし。ここまできたら、頼れるのは自分のカンだけよ。観た、泣いた、よかった。これでキマリ」

「キャスティングもよかったねえ。役者さんみんなね、オレが主役のノリで楽しそうだったし、それが伝わってきてさ。それだけで、いい映画だァ。志穂美悦子もよかった。目がいいんだ、目が。泣きすぎて鼻つまっちゃった」

「北大路欣也、バンザイ。あんたは男！」

などと、涙を拭いたクリネックスを部屋じゅうに放り投げて大声で怒鳴り合っていた、その時である。電話が鳴った。

関係ないようだが（実は関係あるのだが）、わが家の電話は、受話器を取らなくても、ボタンひとつ押せば通話できるという、スピーカー自動変換、集音装置内蔵の、ＳＦみたいな画期的テレフォンである。

長電話で両腕がふさがり、行動も制限されるのをなんとかしなければと、あちこち捜し回ってみつけた、ドイツ製の最新型なのである。

つい最近、待望のヘッドホン電話が発売され、このドイツ電話もやや影が薄くなったのがサビシイといえばサビシイ。

それはさておき、私はびくびくして受話器を取った。（当然、普通の電話のように、受話器を取って通話することもできる）

真夜中に大声で怒鳴り合ったので、階上のお宅から、苦情がきたのかもしれないと思ったのである。時は午前一時過ぎ。

電話の声は男で、開口一番、

「そっち、○××の○×××ですか」

と突っかかるように言う。

その通りなので、

「そうです」

　と答えると、

「○△△の△△△△に電話したら、この番号のテープが流れたんだけど」

「それは四谷にいた時の番号です」

「あんた、水商売のひと？」

「はあ？」

「銀座に出てたイワタさんの友達か。イワタさん、いる？」

　ここで間違い電話らしいのは確実となったが、私はどういうわけか間違い電話に慣れていて、よほど不躾《ぶしつけ》でない限り、きちんと応対するのをモットーにしている。

　これまでにも、「声優のフミちゃん、出して」とか、「慶大附属病院ですか」などというのを何度も受けていて、番号をきくと、なぜかウチの番号とドンピシャリだったりするので、怒るより先に、なぜにそういう間違いが起こるのか、好奇心が湧くのである。

　前者の場合は、人気声優さんが大阪のラジオ番組に出演して、自分の所属プロの番号を言い、一人につき一分間だけ話し相手をしますと放送したのが発端だった。

　劇場公開用アニメのプロモーションの一環だったらしいのだが、その番号の末尾がウチと3番違いで、プッシュホンだと一列違いの同じ位置のボタンになる。つまり、電話をかける側の人間が、つい押し間違えてしまうらしい。番号を覚え間違うコも多かった。

二日間で五十本近い間違い電話が入り、私は間違い電話主の少年少女を引きとめては事情聴取をして、事の次第の全貌を突きとめたのである。

そういうわけで、この時も、至極まともに応対した。

「イワタさんという方は、おりません。お間違えになったようですが」

とても丁寧にそう言った。

なのに、なんたることか、男はムキになったのである。（漫画家の友人によると、私があまりにも物慣れた口調で言ったので、かえって疑惑を招いたというのだが）

「そんなはずない。いるんでしょう」

「いえ、おりません」

「だって、番号は最初が○△の△△△で、次に○××の○×××だろ」

「ふたつとも私の番号ですが、イワタさんは知りません。そもそもの○△△の△△△を、間違えてメモしてらっしゃるんじゃないでしょうか。調べ直してみて下さい」

「オレは本人から聞いたんだ」

「じゃ、嘘を教えたことになりますね」

「一度、この番号で、ちゃんと本人と話してんですよ」

「え、本人と話した？」

少し不気味になってきたので、通話をオープンにしてスピーカーに接続させた。漫画家の友人が待ってましたとばかり、スピーカーから流れる二人の会話をメモし始めたので、これ以降の会話は、かなり正確で、フィクショナルな脚色はない。ほんとは通話の録音もできるのだけれど、この時に限ってテープが切れてたのである。

「本人と話したって、ほんとですか。失礼ですが、それはいつですか」

どうにも不可解なので、突っ込んで聞いてみた。

男はやや怯《ひる》み、口ごもって、

「二年ほど前ですよ」

と言う。

二年前に電話したきり、この日まで電話を入れなかったのが不思議だったが、まあ、事情はわかった。

「最初の番号を買ったのは、一年前の一月十二日付けなんです。それ以前の持ち主については、なにもわかりません」

「あんた、彼女の友達じゃないんですか。行き先は知らないの」

「それはまったく知りません」

「隣にいるんじゃないの。出してよ」

「いませんよ。あなた、いったいどなたなんです。名のりなさい」

「イワタさんのカレ、といえばいいのかな」

「カレ、ね。とすると、こうなりますね。イワタさんが行方をくらましたわけで、つまり逃げられたんじゃありません？」

自分でもどうかと思うのだけれど、私はこういうことをスラスラーと言ってしまうところがあるのである。言い訳するわけではないけれど、男のシツコさに閉口してもいたのだ。

当然といえば当然ながら、男は興奮して、

「失礼な！　あんた、銀座に出てた頃の仲間か。誰なんだ。友達か」

と叫び出した。

私はだんだん腹が立ってきた。真夜中の間違い電話に、ここまで真情を尽くして応対するなんてのは、われながら見上げた態度である。日本女性の鑑《かがみ》ではないか。

そりゃ、「逃げられた」なんて失言もしたけれど、それも男がシツコイからである。何を言っても疑わしそうにネチネチ言って、あげくに私に対して、奇妙な恨みを持ち始めているらしいのが、気配で感じられる。

ふられ男の執念くらいコワイものはないから、ここで一気にケリをつけようと心を決め、とっておきのＰＴＡ声を出した。

「こんな夜に起きているわたくしは、大学の教授ですわ。ところで、あなたは何者ですの。はっきりして下さい」

言葉遣いだけは丁重なものの、笑いを含みながら恫喝《どうかつ》するという高等テクニックで、きっぱり言ってみた。

男は明らかに怯んだらしく、一瞬の間のあと、

「今、警視庁から戻って来たところだ」

と言う。

「ああ、警察にお勤めですか」

私は同情して、少し声を和《やわ》らげた。

警察官となれば、おいそれと女性と交遊できる機会はなく、たまたま関係した女性に未練たっぷりなのであろう。

しかし、それはそれとして、勤め口がわかった以上、「これ以上しつこいと、上司の方に連絡しますよ、良俗を守るべき警察官がなんたることですッ」と言えば、すんなり諦めるはずである。少しホッとした。すると、

「逮捕から帰って来たんだよ」

男はムッとして畳みかけるのである。

「逮捕……？」

ふと、警視庁の記者クラブに詰めているプレス関係の人で、大捕物の取材から帰って来たという意味かしらんと考えた。しかし、プレス関係のわりには、言葉の選び方がうまいとはいえない。

これはやはり、俗にいう「ムショ帰り」であろうかと思い当たった。

「それはごくろうさまでした」

思わずねぎらったものの、「ムショ帰り」となると、いよいよイワタさんが逃げ出した可能性大である。と思った時は口にしていた。

「でも、じゃあ、やっぱり逃げられたんですわよ、あなた」

「そういう言い方はないだろ」

男は声を荒らげた。さすがに少し、迫力があった。

「あ、そうですわね、失礼しました。ホホ」

ホホと笑ったのは、気取ったからではなくて、ふいにコワくなったためである。

番号を知られている以上、住所を突きとめるのが不可能なわけではない。逆恨みされて押し込み強盗でもされては困る。

私は咳払《せきばら》いして、早口に言った。

「ともかく、そういうことですのでご諒承下さい。念のため、今後、このような電話がありますと、警察に連絡させていただきますので、お含み下さいませね」

「ああ、どうぞ。こっちにも公安に知り合いがいるんだ」

男は興奮して叫び、受話器を叩《たた》きつけるように、乱暴に電話を切ったのであった。

私と友人は顔を見合わせ、会話のメモを前にして、うーむと考え込んだ。詳細にメモを検討した後、おもむろに友人が切り出した。

「二年前に、○△△の△△△の番号はデートクラブだった。イワタさんはそこのコで、ほら、いわゆるファッションマッサージ嬢よ。で、男は二年後、ふと冬の冷たい風に、女の肌をなつかしがって電話した。これだね」

「しかし銀座に出てたってとこみると、銀座のホステスか、流しのコじゃないの？」

「流しのコが電話番号教えて、話すかね。やっぱりデートクラブよ」

「でも、イワタさんにこだわってたよ。デートクラブのクロウトが、源氏名《げんじな》にイワタとかスズキとかつけると思う？　たぶん、銀座のクラブでアルバイトしてたコとねんごろになり、恋愛に進んだ関係と見るべきよ」

「恋愛関係にある男が、なんで二年間も電話連絡しないで、今になって電話よこすのよ」

「国内のどこかに転勤してたっていうんじゃダメか。国内なら、いくらでも電話できるものね。海外赴任かな」

「ムショ帰りのセンは、どうだろう。やっぱりヤッちゃんの小物で、ムショに入ってて、出てくるなり女を訪ねてみたら引き払ったあと。頼みの綱の電話をかけたら移転のテープが流れてて、あんたのとこまで辿《たど》りついた。あんたがヘーゼンと応対するんで、これは隠してるなと疑って、しつこく問いつめた」

「ヤッちゃんねえ。そんなふうでもないわ。声から判断すると、年は三十から三十五。そこそこは教育があって、そこらの私大くらいは出てそうだった。ほら、〝イワタさんのカレ、といえばいいのかな〃って言い方、いかにもマザコン男が斜《しゃ》に構えて言いそうじゃない。甘ったれた当世ふうレトリックですよ。語尾もあとを引く、他人依存型のしゃべり方」

「うむ。クッセツした性格を思わせるね。ヤッちゃんならすぱっと、イワタのオトコだ、ぐらいはキメてほしいし」

「そもそも、本当にムショ帰りなら、きっぱりそう言うって。警視庁、逮捕なんてのも、いかにも推理小説で覚えましたって感じで、実感がまるでなかった。ただ、公安に知り合いがいるって言い方に、妙なリアリティを感じる。ふつう、出てこないわよ、公安なんてセリフ」

「公安て、鉄道公安官か。国鉄マンかな」

「ばか。公安警察に決まってるでしょうが。過激派の男かね、あいつは」

「あたしはやっぱり、ヤッちゃんのセンを取る。『二代目はクリスチャン』のビデオ鑑賞会の記念に」

「え……」

「だってさ。二年間連絡ナシだったってのが、推理の決め手よ。今どき二年間も連絡を取れない障害なんて、片方がムショに入ってたぐらいしか考えられないもの。ドラマだねえ、世の中って」

「…………」

いったい真相は、奈辺にあるのか。確かめようもないだけに、今もって、ふと気になる間違い電話のミステリーなのである。

病は気から

とうとう病院へ行くことになった。

あまりの体調の悪さに、例の人間ドックとかいうものに入ることにしたのである。

そう決めた瞬間から、私の中では、いうにいわれぬ不安が渦巻き始めている。

何がイヤだといって、病院に行くくらいイヤなものはない。

まず、注射がコワイ。

これはもう、理屈もなにもない、幼稚園児の頃の種痘にまでさかのぼる恐怖である。

注射されるくらいなら、神サマのお力で病気が治るとかいう新興宗教に入信した方がましだと、本気で思っている。

それに薬もイヤだ。

薬局で買う市販のお薬は、最近めっきりカプセルづいていて、さもなきゃ糖衣錠だったりして、どちらにしても飲みやすい。

しかるに、病院でくれるお薬はナゼか粉薬が主流で、しかも、やたらと苦い。（ウチの

近所の病院だけが、特別にそうかもしれないけど）

良薬は口に苦しとか言うけど、そんなバカなことがあるもんかと思う。

これだけ医学が進歩してるのだから、お薬の味くらい、甘かったり美味だったりしてもいいではないか。

苦いお薬を飲むと、きまって胃液があがってくるような気がして、げんなりしてしまう。

さらには病院に行くと、もうそれだけで重病にかかったような気になってしまって、どうも落ちつかない。

先生が重々しく、

「いや、単なる風邪でしょう」

とおっしゃっても、きっと何か、悪い病気なんだ、両親の方に内密の連絡がいくかもしれないと、心は千々に乱れる。

先生の白衣とか、消毒薬の匂いとか、その他モロモロの病院の雰囲気が、何か常ならぬ危機感を醸《かも》し出している（ような気がするのである）。

家に帰って、一人もんもんと悩み、意を決して母親に電話して、

「病院から、何か連絡いかなかった？　ね、正直に言って。心の準備はできてるから」

と努めて冷静に尋ねると、母親は母親で、

「え、おまえ、病気なの⁉　どんな⁉　まさか、ふしだらをして……！」

と絶句して、事はいよいよ紛糾する。

ふしだらというのは、今はもう死語に近いはずなのだけれども、どっこい私の母親の中では、しっかり生きている言葉なんである。

母親にとっては、娘はいくつになっても娘らしい。

もうすぐ三十路《みそじ》にかかろうという女に、ふしだらも何もないと思うのだが、なにせ大学卒業直後、家を出て一人暮らしをするという私に、当座の生活費の足しにとそっと三万円を握らせ、言ったセリフが、

「ふしだらだけは、するんじゃないよ」

であった。

思えば、すごい母親である。

ともあれ、母親のこういう反応を確かめて、なるほど、病院から連絡がいってないのは本当らしいと一安心するわけだが、それでもまだ半信半疑で、穏やかならぬ日々を過ごすことになる。しかし、これはまだいい方で、一番コワイのは、嘘もかくれもない異常が見つかった時なんである。

一年ほど前、咳がなかなか止まらず、夜っぴて咳をし続けて、しまいには涙まで流れ出し、喉《のど》と鼻が詰まって呼吸もままならない状態となった。

このままだとチッ息死するかもしれない、しかし病院に行って、もし本当に重病だった

らどうしようと数日間迷ったあげく、清水《きよみず》の舞台から飛び降りるつもりで、病院に行った。

聴診器を胸に当てた先生は、「うーむ」「む、ム」「ふ、む」と意味ありげに唸り、イロイロ問診触診なさった末に、

「ふーむ。肺炎かもしれませんよ」

と厳《おごそ》かにおっしゃった。

そのとたん、頭はクラクラ、耳はガンガン、手はブルブルと震え、椅子から転げ落ちそうになった。

肺炎といえば、昔懐かしい少女小説で、継母にいじめ抜かれた汚《けが》れなき少女が、雨の夜に家を飛び出し、

「アァ、お母様ッ。私を置いて、どうして天国に行ってしまったの」

と涙ながらに知る人とてない街を彷徨《ほうこう》したあげく、生き別れかなにかになっていた双子の美少女の家の前で倒れ、生死の境をさまよう時の病名ではないか！

「今夜が峠でしょう」

と金持ち美少女の主治医が言い、枕元では改心した継母が泣き伏すという、あれである。

しかし、あれは額にヒョウノウをのっけて、汗をしとどにかきながら、うわごとを言う病気だとばかり思っていた。少なくとも、少女小説のさし絵か、昔の少女漫画かで、そんなような光景を見たような気がする。しかるに、私は別に熱なんかない。

おそるおそる先生にそう申し上げて、お伺いをたててみると、

「それは急性肺炎です」

と笑みを噛み殺しつつ、おっしゃる。

では肺炎も、急性と慢性があるのかとひとつ勉強したが、そんなことがわかったって、へのつっぱりにもなりゃしない。

「ま、レントゲンを撮ってからですな」

先生は無情におっしゃって、看護婦さんに目くばせなさった。

それは単に、レントゲン撮影の準備を命ずるサインだと頭ではわかっていても、もしかしたら医者と看護婦の間だけに通じる合図で、肺炎とは真っ赤ないつわり、肺ガンの疑いがあると伝えてるんじゃないだろうかと勘ぐってしまう。

「明日の午後、来て下さい」

と窓口で言われる頃には、肺炎も肺ガンも区別がつかないほど混乱してしまって、放心状態で家に帰った。

何が何だかわからんが、肺の病気であるのは確からしい。

しかし、肺ガンてのは咳が出るもんなんだろうか。

なかなか咳が止まらず、胸がゼイゼイいって苦しいとなれば、肺ガンというよりはむしろ……むしろ結核じゃあないか。

結核⁉

ががーん、という漫画の擬音語は正しいと思ったのはこの時で、実に、後頭部を鈍器で殴打されたような衝撃だった。

おりしもその頃、新聞の家庭欄か何かで、結核は過去のものではない、やはりまだ恐しい病気だといったような記事を読んだ、ような気もした。

それに不規則極まりない生活も、なぜか結核を信じる根拠になった。

肺炎か肺結核。

万が一には、肺ガン。

どれをとっても、病名だけで人ひとり殺せそうな雰囲気の病気である。

こんなにあっけなく死ぬのだろうかと思うと、じわじわと涙まで浮かんだ。

親の反対を押し切って家出までして、好き勝手なことをやってきた身である。今さら泣きついても、親を悲しませるだけだ。

万が一、病気がはっきりしても、老父老母には決して言ってくれるなと、先生にお願いしよう。

友達もみな、これからの人ばかりである。

これからの人間は未来しか見ていないし、そういう時に生きるの死ぬのと相談を受けたり、グチをこぼされたりしても、今ひとつ共感というか、感情移入できないかもしれない。

正直なところ、当惑して、少し迷惑に感じるかもしれない。

もうすぐ死ぬという時に、友達のそういうつれなさに接するのは、淋しい。

できるなら、きれいな友人関係のまま、旅立ちたい。

とすると、友達にも病気のことは秘しておいた方が良いだろう。

ああでもなしこうでもなしと、これまでの人生で、あれくらい思い悩んだ夜はないというくらい、凄絶な一夜を過ごした。円形脱毛症にならなかったのが不思議なくらいであった。

こうして月日を経て文章にすると、妙に滑稽な感じがしてイヤになっちゃうのだが、あの時は本当に、心底、悩んだのである。

自分でもどうかと思うのだけれども、落ちつかなくっちゃ、冷静にならなくっちゃと思えば思うほど、悪い方へ悪い方へと考えが行っちまうのである。

思えば、この性格ゆえに、私は幾度となくせつない目にあってきた。

数年前、なんとなくイイな、と思っていた男性と、念願かなって冬のドライブとしゃれこんだことがある。

「冬の湖って、いいだろうねえ」

と何かの折に言ったのを覚えていて、さり気なく誘ってくれたのである。

『熊、注意』の標識が立ってる冬の国道を、彼氏は危なげなく運転していた。

外は雪が降りしきり、暖房をつけていても車内は妙に冷え冷えとしている。

「暖房、きいてないなあ。寒いよ」

「あったかく、なりたい？」

とっぽい彼氏としては、一世一代かもしれない気障《きざ》なセリフを吐き、雰囲気はいやがうえにも盛りあがった。

もともと、イイなと思っていた私は、こりゃもしかしたらという気になった。

スンナリいくものなら、いっていただきたい、オマカセしたいという感じである。

と、車がゆるやかに脇道にそれた。

その道のはるか向こうに、なんというか、その、つまりお宿が見えて、オオ、ヤッパリと私も覚悟を決めた。

しかし、ここで妙に平然としているのもスレているようで嫌だ。何か言おう。しかし、イヤイヤと泣き叫ぶのは本意ではない。

ここで女の真価を問われるんだぞと脳ミソを絞って考え抜いたあげく、

「ほんとに、とても寒いわ」

と鼻をすすりながら（ほんとに寒かったのである。今から思うと、暖房が故障してたんじゃないだろうか）、さり気なくキメた。

北海道の恋人どうしらしい、実に純朴なセリフだとわれながらしみじみしたが、次の瞬間、とんでもないことを思い出した。

「まずいっ。ストーブつけっ放しで出てきた」

「え」

彼氏も顔をくもらせた。

本州のポータブルの石油ストーブがどうなっているのか、私は今ひとつわからないのだけれども、北海道のそれはいやに火力が強いのである。

冬の北海道の火事の原因は、ストーブの火の不始末というのが断然多い。

もちろん日進月歩で次々と新しいストーブが出ているし、安全性も高くなってはいるのだが、当時の私は家出した直後で、ストーブも友人からぶん捕った中古品、火力調節もままならない代物だった。

もし、ここで彼氏にオマカセしている間に、ストーブが加熱して火事にでもなったらどうしたらいいのか。

「大丈夫だよ。一晩じゅう、留守にしているわけじゃないし、二、三時間ぐらい、つけっ放しでも」

いつもは優しい紳士である彼氏も、さすがに強気に出て、決めつけるように言う。

そりゃそうだろう、向こうさんもイヨイヨと期待していたに違いないのである。

そこに「ストーブがっ」という横ヤリでは泣いても泣ききれないであろう。

そういう男ゴコロはよくわかるものの、そして私も本音のホンネはストーブなんぞはうっちゃって、ゆるやかにオマカセしたいのではあるけれど、しかし万が一にも火事をひき起こしたら、どうやって責任をとればいいのかと、例によって悪いことばかり考え始めた。借家だから大家さんへの面目も立たず、勇ましいことを言って家出してきた身であってみれば、親に泣きつくこともできない。

なけなしの身の回り品を失うのはまだしも、飛び火でもして隣家も焼けてしまえば、そして最悪の場合、人が焼け死にでもしたら一生涯、負い目をもたねばならない。

ここまでくると、すでに火事になるのは自明の理のように思い込んでしまっていて、とてもオマカセどころの気分ではない。

ムードなどとうにふっ飛び、今すぐ家に戻ってと騒ぎまくり、彼氏はすっかり鼻白んだ様子で口もきかずに、家へとって返してくれた。

ストーブは加熱するでもなく赤々と燃えており、私はスイッチを消して、やれやれと彼氏をふり返った。心配事もなくなったし、再び、オマカセしたいの続きに移行するつもりであった。

しかるに彼氏は寂しそうに笑って、

「うまい断わり方だな。じゃ」

あっけにとられる私を残して、帰ってしまったのである。

シャイな彼氏は、私がアヤシゲなムードになった時の切り札に、わざとストーブをつけっ放しにしたと誤解したらしいのだ。

あれから今に至るまで、彼氏とは一度も会っていない。

冷静になって考えれば、二時間や三時間、ストーブをつけっ放しにしたからといって、そうそう火事になるもんでもないと納得できるのに、そうはいかないのが情けないというか何というか。

あの時ばかりは、自分の過剰反応の性格が恨めしくて、極端なものの考え方はすまい、冷静な判断力を養おうと固く決意した。

しかし、どうもダメですね。何年たっても直らない。

あれだけ大騒ぎした肺の病気が、なんのことはないペットの猫の毛を吸い込んだことによるアレルギー性喘息《ぜんそく》とわかっても、それでも直らない。

何事も、悪い方へ悪い方へと考えてしまう。

その証拠に、人間ドックに入る準備にと、健康チェック用紙に○×をつけてくうちに、そうだ、最近お腹の調子がよくない、これは直腸ガンかも……目がかすむのは疲れ目とばかり思ってたけど、案外、白内障の前触れかも……と、例によって心乱す今日この頃なのである。

悪くない街

東京砂漠という言い方がある。

べつにクール・ファイブの曲名というわけではない。あれは名曲ですが。

殺伐とした都会、そこに生きる人々の孤独——なんてことを含ませた、どうもやっぱり、少し歌謡曲的な臭いのする言葉で、今となっては妙になつかしい感じがする。

古くさいけれど、そのクラシカルな響きが好きで、密かにアコがれているイメージだった。

私は、関西の役者の追っかけをやっていた一年を除けば、ずっと北海道暮らしという純粋ドサンコである。

田舎で生まれて田舎で育ったからには、一度は〝都会の孤独〟というものを噛みしめて、ひとり暮らしの部屋の壁に寄りかかり、わけもなく涙してみたい——なんぞと夢見ていた。

今年になって上京し（上京という言葉も、鄙《ひな》びた味わいがあって好きである）、いよいよ東京砂漠だと期待したのも、あながち私の思い込み癖のせいとばかりはいえない。

情報化社会で、北海道に居ながらにして、東京のどこの劇場でナニがかかっているか知っているにしても、やはりナマの迫力があるだろうと思うのは、人情ってもんである。

しかし。

どうも、砂漠がない。

噂に聞く原宿の駅舎なんか、北海道のどこにでもありそうな無人駅の風情《ふぜい》で、歌志内《うたしない》とか野幌《のっぽろ》とかいう駅名がぴったりの、かわいい建物だった。

「ここ、原宿駅よ」

ガイドしてくれた友人に言われても、どうにも釈然とせず、

「こんな田舎の駅舎みたいな小っさいやつが、なんで世界的に名の知れたハラジュクの駅舎なんだろ。ハラジュク・ファッションとかって、今、最もポップとか何とか書いてあるじゃない。ポップで過激なファッションの本拠地の駅が、なんで急ごしらえのペンションみたいなわけ」

と誰にぶつけてよいかわからない怒りに、うち震えたものだった。

勝手な言いぐさだと言われるかもしれないけれど、そもそも人は勝手な夢想を抱くもんである。

牧歌的な雰囲気を求めて札幌に来て、あまりの車の多さや、時計台の貧弱さに泣いた人は多いはずだ。

鄙びた風情を求めて北海道の秘境の温泉場に行き、でんと大きなレジャーセンターふうホテルに幻滅したという話も、よく聞く。

ということは、当然その逆もあるわけで、私はハラジュクというものを過激でエネルギッシュなイメージで夢見てたのに、現実には手なずけられたプードルみたいなお店が集まる、可愛くて無邪気な街だった。

まあ、人によっては、あそこは昔、田んぼだったともいうし、私の期待値が少し高すぎたのかもしれない。

けれどやっぱり、少女趣味の私としては、都会＝非情の街＝欲望の街＝孤独といったハードなものを、望まないではいられない。

しかし私の仕事場周辺からして、すでに私のイメージの〝都会〟ではないのだ。

窓をあければ、隣家の赤ん坊の泣き声がファンファーレのごとく響き渡り、

「やっちゃん、だめだよ、ずるいよ」

「マーマ、ボール、とってェ！」

「どいてどいて」

とガキども、いや、お子さん達の遊び声が夕食時まで途切れない。

その夕食時となると、どこからともなく肉じゃがのにおい、中華ものの油のにおいなんかが漂って来る。

そして夜ともなれば、舗装された車道の片すみで、ドドーンドーンと三段花火を打ちあげて興じるガキどもの声がして、まさに日本の夏という世界である。

副都心のド真ン中、その気になれば、三越だろうが伊勢丹だろうが歩いていける場所に住みながら、このありさまはどうしたことかと、私は呆然としてしまう。

近所にはお茶屋さんだの、豆腐屋さんだの、洋品店だの、靴屋さんだのがあって、これで本当に生活が立ちゆくのかと思うくらい、のんびり商《あきな》っている。

洋品店というのも、丈夫で長持ちしそうだけど、およそ流行ってものを念頭に置いてないＬＬ型ワンピースなんかがショーウィンドーに置かれ、婦人用メリヤス肌着が各種揃《そろ》っているという純正まじり気なしの洋品店で、ブティックというのはやっぱり外来語なんだとしみじみ実感させてくれる店構えである。

靴屋さんも注文靴をご主人と職人さんでシコシコ縫ってる靴屋で、シューズショップという感じではない。

余り革で見習いさんが縫った靴を、

「リボンの形が揃ってないみたい。少し、お勉強して」

と交渉したら、四百円まけてくれたりして、いよいよ都会から遠ざかる。

仕事中、やたらとお茶を飲むので、一週間に一度の割で、

「おばさん、お茶ちょうだい」

とノレンをくぐってお茶屋に入ると、

「あんた、やたらとお茶飲むんだね。胃に悪いよ。煎茶はよしなさい。番茶にしてさ。ほうじ茶混ぜたげるから」

と店番のおばさんが言う。

たいがい、注文した量よりも、少し多めに詰めてくれる。

ついでに世間話などして、

「今年の梅雨は、ぐずってたね」

「北海道は、梅雨ないさ」

「あたしも息子夫婦とさ、北海道に行ったことあるんだよ。北海道って広いねえ。気候もいいしさ。ああいうとこで、お茶屋やってもいいなってね」

「冬、寒くて関節とか痛いわよ。あたし、この年で、冬になると神経痛だよ」

「ああ、そうだろうね。雪、降るだろ」

といった按配《あんばい》で、おばさんには一人息子がいて、孫が二人で、二年前に北海道旅行したとか、浅草で四十五年もお茶屋をやり、今年になってこっちに店を移したとかいう私生活から、お茶屋さん同士で新茶の入荷日決定をめぐって、八日でもいいとか十五日まで待った方がいいとか、いろいろ意見の相違があることなんかまで、すべて知ってしまうのである。

それは隣の薬局でも同様で、トイレットペーパーがきれたので駆けつけると、ご主人とは五つ違いだという奥さんが、

「これ、持ってったら」

とビタミンC整剤のサンプルをどっさりくれる。

顔色が悪いのと童顔であることから、予備校生か何かだと思ってるらしく、

「頑張ってね。この夏乗り切ったら、うまくいくわよ」

と力づけてくれたりする。

つい最近、町内共栄会の会長さんが、夏祭りの寄付を集めにやって来た。

さすがに驚いて、

「ここ都心なのに、町内会があって、夏祭りとかするんですか」

と尋ねたら、妙なことを聞く小娘だという顔で、重々しく頷いた。

驚きのあまり、思わずなけなしのヘソクリを渡すと、お返しに御祭礼手拭いをくれた。

札幌に住んでた数年間、町内会費はばっちり取られても、手拭いなんて、ついぞもらったことがない。

東京の人情の温かさに、つい涙した。手拭い一本で感激するのも、どうかと思うけど。

それにしても、おかしな都会である。

テナントビルが建ち並び、通りを車が休みなく往来し、わずかな空間もないこの街のどこで、夏祭りをやるつもりなんだろう。

ともかく夏祭りを準備し、それを楽しみに待っている人々が、コンクリート越しにちゃんと生活しているらしい。

砂漠には、ほど遠い気がする。

期待が裏切られたような、あまのじゃく気分で、真夜中の十二時頃、私は近所の夜間サウナに行く。

サウナは体質に合うらしいので、疲れた時、自分に許すとっときの贅沢である。

もっとも、とっときの贅沢であるはずなのに、そのサウナはひどく古びていて、そのくせ〝夜間〟にかこつけてか、法外な料金を取る。

憎ったらしいので、一心不乱に垢《あか》をこすったり、石けんを泡だてたりして体を磨きあげるのだけど、お湯の出が悪いという二重パンチを喰らう。

しかも、場所が場所の夜間サウナだから、その道のお姐《ねえ》さんやママさん達が常連である。お湯の出のいい蛇口を占領していると、なんとなく殺気を感じて、こそこそと隅の方に移り、ぬるま湯で髪を洗う。

サウナ室がまた狭くて、そのくせ威勢のいいママさんがのびのび寝そべるので、私は膝を抱えて汗がしたたり落ちるのを、じっと待っている。

どうも寝そべるママさんは、ママさん達の間のリーダー格らしいので、うかつに注意できないわけである。

どう見ても、その道の女には見えないチンケな顔立ちの私は目立つらしくて、時々、鋭い視線が当てられることもある。

けれど追い出されるわけでもないし、おとなしくして汗を流している。

これが堅気《かたぎ》の奥さん達なら、社交場よろしくおしゃべりをするのだけれど、みなさんは労働の直後で疲れきっているので、ほとんど無言である。

無言で、ガラス越しのＴＶで、『ミッドナイト・スポーツ』のテニス中継かゴルフ中継を、ぼんやり眺めている。

こういう図は、ちょっと見には殺伐としているけれども、実は緊張という緊張が緩《ゆる》んでいる最高のオアシスで、ママさん達もそこらのおばさん顔をしていて、本来のお年がつい察せられる。

この間、若い女の人がサウナ室で失神したことがあった。

両隣にいた私とどこぞのママさんが、二人がかりで部屋の外に運び出して、ベッド式のマッサージ機の上に寝かしつけた。

私が従業員を呼びに行ってるうちに、どこぞのママさんはさっさとサウナ室に戻ってしまった。

すぐに気を取り戻した女の人に、年配の従業員のおばさんは露骨に嫌な顔をしてみせて、

「医者なんて呼べませんよ。病気だったんなら、入らないで下さいよ」

とブツブツ言った。

女の人は青白い顔で、ふつうの貧血だと言って、おばさんを追い返した。

ぼんやりつっ立ってた私にも手を振ってみせるので、私は首をすくめて、サウナ室に戻った。

ママさん達は無関心そうな目で、私をちらりと見ただけだった。

ボソボソと囁き声がして、それがどうやら、先刻の女の人についてらしかった。

ナントカいうお店の名前が出たところをみると、みなさんはあの女の人のことを、まんざら知らないわけでもないらしい。

でも特別な感情を見せるでもなく、ボソボソと囁き合い、それもすぐに消えた。

小さな砂漠は、あるのかもしれない。

単純な私は、なんとなく納得したような気持ちになる。

あがり水を浴びて休憩室に行くと、例の女の人がカップ麺《めん》を食べていた。

私を見て、手招きする。

何事ならんと近付くと、ビールは飲めるのかと聞いた。

私は笑いながら、少し得意気に年齢を言う。

女の人はぽかんとして、

「若く見える」

と曖昧な口調で言い、缶ビールをごちそうしてくれた。

「これ、六百円もするのよ」

女の人はカップ麺を指して、いまいまし気に言う。

「外で買ったら、百五十円くらいなのに」

「ここ、正直なとこ、ボッてると思う。バックに、こわいヒトいるのかもね」

「いないでしょ。ここらへん健全よ、ほんと」

それから二十分ばかり、いかにこのサウナが古いか、どうしていつまでたっても蛇口を直さないのかといったことを、とりとめもなくしゃべり合う。

そのうちにママさん達がどやどやとやって来て、カップ麺やビールをてんでに注文し始める。

ひと汗流したので、つるつるの顔をしている。そして上機嫌で、

「そんなもんばっか食べてるから、ぶっ倒れんのよ。まともなもん食べたら」

なんぞと女の人に軽口をきく。

女の人は唇を突き出して、

「食べさせてよ」

とふてくされたように言う。

奇妙に優しい雰囲気で、私はみなさんの邪魔にならないように、タオルがずり下がるのを気にしながら、おとなしく缶ビールを飲む。

砂漠だかオアシスだかわからんけど、悪くない街だと感じる。

私は、私の東京を、もうかなり好きになっている。

ヨソイキ語

先日、ショパンコンクール優勝者のブーニンのコンサートがあった。

時々クラシック好きの友人に誘われてコンサートに行く以外、およそクラシック音楽とは縁遠い生活をしている私でも、その名前を知り、テープを何度も聴いていたくらいだから、来日時のフィーバーぶりも頷ける気がする。

知人がなみなみならぬ苦労の果てに、そのブーニンのコンサートチケットを手に入れて、誘って下さったので、ありがたくお受けすることにした。

一概にはいえないが、女というものは外出する時、なにはさておいても着てゆく服には人知を絞るものである。

友人の同業者に、編集者と打ち合わせの約束をした時、アイディアは決まっていなくても、着ていく服だけは決まっていると豪語する女傑がいるが、その点、私も似たりよったりである。

そういうわけで、瑞々《みずみず》しい音を出す若きピアニストのコンサート演目に合わせて、ドレッシーな服装は避け、もちろんフォーマルな装いも避けて、軽快なシャツブラウスに麻のタイトスカートでキメて、会場に乗り込んだ。

ところが会場で待ち合わせた知人は、ひどく打ちひしがれた様子で、心なしか青ざめていらっしゃる。

これから麗しい音楽を聴く、という雰囲気ではない。

理由を尋ねると、会場に来る時に乗って来たタクシーの中に、手回り品を入れたビジネスバッグを忘れてしまったという。

「あなたに差しあげようと思ったブーニンのテープも、クレメールのテープも入っていたんです」

根っからのクラシック好きのその方は、会うたびに、ご贔屓《ひいき》の音楽家のテープをくださるのである。その日も、用意万端整えて、会場にいらしたらしい。

私はすっかり驚いて、思わず、

「それで、金目のものは大丈夫なんですか。財布とか、クレジットカードとか」

相手のグチを遮《さえぎ》って、叫んでしまった。

言ってしまってから、アラ、はしたないと気がついたが、口から出た言葉は取り返しがつかない。

その方は、少なからず鼻白んだ面もちで、憮然《ぶぜん》として、

「いや、そういうものは、こちらに入っています」
と背広の内ポケットのあたりを、上から押さえられたが、そのあと二人の会話は、ひどくギクシャクしたものとなった。

これから話題の演奏を聴こうというムーディーな音楽会の夜、タクシーに忘れものをした、あなたに差しあげるテープも入っていたと俯いてみせる殿方に、そんなものはどうでもよろしいとばかりに話を遮り、「金目のものはっ」と叫んだのだから、無理もない。

コンサートだ、それに合わせた服装だと洒落《しゃれ》てみたところで、所詮はポップスしか聴かない身のお里が知れてしまって、すっかり恥じ入った次第だが、それはさておき、我ながら凄まじいと思うのは、言葉遣いの汚なさである。

〝金目のもの〟というのは、どうにも浅ましい響きである。

盗賊のたぐいが、どこぞの屋敷に押し入り、
「金目のものを捜せ」
と仲間うちで話す時に使うのが、もっともふさわしい言葉ではないだろうか。

もの書きの端くれが、こんな汚ない言葉を日常会話で遣うとは、世も末じゃなかろうかと反省したが、恥を忍んで告白すれば、私の日常言語は、おおむね、このラインなのである。

仕事で目上の方と会う時や、隣近所のおつき合いの時だけ、ヨソイキの言葉を遣ってい

る。

かつて機会があって、関西のラジオ番組にぶっつけ本番で出させていただいたことがあった。

パーソナリティーは、抜群の会話カンと独得な語り口の桂文珍さんで、話の引き出し方が上手く、最初の頃こそ、気取ったヨソイキ言葉で、

「はあ、そうですね」

「いえ、そんなことはありません」

などとすましていたが、話題が税金のことに及び、

「あれ、腹立ちませんかァ。ワタシ、頭にきますわ」

などとおっしゃるので、私怨私恨も手伝ってか、私もつい感情的になり、

「ちっくしょー、返せ！　戻せ！　ばかやろーっと思います」

と力を込めて相槌を打ち、言った瞬間、もしや放送コードに引っかかる汚ない言葉だったのではないかと気をまわして青ざめ、絶句してしまった。

いつもはヨソイキ言葉を遣っているだけに、ふとした拍子に、間隙《かんげき》をついて出てくる普段着言葉の汚なさには、我ながらハッとするものがある。

気心のしれた友人と、どこまでも仲間うちの気安さでしゃべっている時の言葉遣いなど、恐しくて、とてもひと様には聴かせられない。

誰しも、仕事やつき合いで話す時の言葉と、気のおけない友人や家族としゃべる言葉は違うだろうが、私の場合、それが極端なのである。

どうして、そうなったのかとつらつら考えてみるに、やはり、北海道育ちというのが関係があるような気がする。

北海道には方言がないと一般的に思われているが、それは誤解である。

イントネーションの違いに始まり、同じ言葉でも意味が違う。「こわい」が「疲れる」の意味だというのは、よく知られているが、その他にも、「いたましい」が「もったいない」の意味だったりする。

その他に、用法が違う言葉というのがある。

「はく」というのは、衣類を身につける場合、下半身の衣類について使うが、北海道では、「手袋をはく」と言う。「手袋をはめる」とは言わない。

中学生の頃だったか、外国小説を読んでいて、「黒いレースの手袋をはめた」という文章に出っくわして、これは誤訳で、手袋と指輪か何かを訳者は勘違いしているのだと信じ込んだぐらいである。

その他に、めんこい→可愛い、という方言の本領発揮ともいうべき独得の言葉があるが、ほろう→落とす（「コートについた雪をほろう」というように使う）、ばくる→交換する、じょっぴんかる→鍵をかける等々、けっこう多彩なものである。

北海道の人は、その多くが移住者なので、それぞれの出身地の方言が、ごく自然に持ち込まれ、融け合っている。北海道は、各地の言葉の寄り合い所帯のようなものなのだ。そして、共通の言葉が必要になり、最大公約数的な北海道弁ができあがった。それは奇しくも、近代日本が必要に迫られて標準語をつくった経過と、似ていないこともない。北海道弁が標準語に近いのは、そのせいである——かもしれない、と勝手に思ったりもする。

それはさておき、私も幼少のみぎりは純真で、

「そんなことないべさや。やめなって。いたましっしょ。したら、ばくっちゃる」

などと、それなりに地方色豊かな言語生活を送っていた。

隣家に、内地から引っ越してきた家族がいて、私と同じ年頃の女の子が、冬の朝、石炭ストーブのアクをなげて（捨てて）、

「ママ、アク、捨てたわよ」

と言っているのを小耳にはさみ、

「〝ママ〟だってさあ。捨てたわよ、だってさあ。いいふりこきだべさ。やんなるしょ」

と学校で笑いものにしていたくらいである。

〝ママ〟だの〝……だわ〟などというのは、ＴＶで見るつくりもののドラマか、小説にしか出てこない言葉で、つまりＴＶ言葉、小説言葉ともいうべき虚構に近い言葉であり、ヨ

ソイキの言葉だと信じきってきた。

日常で遣っている言葉と、標準語がかけ離れているのなら、地方語と標準語という自覚もできたのだろうが、なまじモノが似ているので、標準語は気取ったときに遣うヨソイキ語という、奇妙な受け取り方をしたのである。

なんとなれば、私の母も、家庭内では、

「サエコ。お客さんが来たら、行儀よくしろって言ったっしょ。舞いあがって、はんかくさい。きちんとしねば、おこんだよ」

などと言っているわりには、ＰＴＡの懇談会で先生を前にすると、

「はあ。さようでございますわね。うちの子はもう、ほんとうに、だらしがないんでございます。先生、よろしくご指導下さいませ」

などとへーゼンと話しているではないか。

んだもの、ＴＶドラマで登場人物が話す言葉はヨソイキであり、いってみれば、おっかさんのＰＴＡ語のごときもので、ドラマが終われば、登場人物が話す言葉は別にある——

と思うのは、当然ではないべか。

そういうわけで、純真な幼年時代を送っていたが、小学生も高学年になり、見栄もカッコも気になってくるに従って、普段着言葉が田舎くさい気がしてきて、ヨソイキ言葉が神々《こうごう》しく思えてきた。

方言が失なわれてゆく原因のひとつに、標準語を使うＴＶの影響がよく指摘されるが、それは確かに当たっている部分もあって、憧れの東京が画面に映り、美しいタレントが標準語（私にとってはヨソイキ語）を話すのを見ていれば、田舎→カッコ悪い、東京→ステキ、せめて言葉くらいヨソイキにして都会の雰囲気を味わおうという図式になる。東京オリンピック直後の田舎はのどかで、子供は泣きたくなるほど純真素朴、はっきりいえば単純だった。

さらに、母や親戚の叔母さん達が、時に応じてヨソイキ語を遣う→ヨソイキ語を話すのは大人……という、背伸びしたい年頃の弱味とも相まって、ある時期から、女の子達は先を競ってヨソイキ語、つまり標準語を使うようになる。

それは家庭にも、いくらか持ち込まれて、「そんなことないべさ」が、「そんなこと、ないよ」ぐらいにヨソイキになるが、さすがに「そんなことないわ、違うのよ」とはならない。

父や母の前で、そんな言葉でしゃべろうものなら、

「なに気取ってんだ」

とせせら笑われるのがオチだからである。

かくして成長し、クラスの男の子の目も気になる女子高生ともなると、学校では、

「いやあね。そうなのよ。だってさ」

と、ほぼヨソイキ語で統一されるが、学校という公けの場を離れた家庭や、気のおけない友人とのおしゃべりでは、興にのると、

「やだね。そうだべさや」

に、これまた自然に戻ってしまう。

方言をより色濃く残す田舎の本家で、親戚一同が集《つど》う正月やお盆ともなると、年頃の娘としてヨソイキ語を堅持しようとしつつも、「なあに気取ってるのさ」とからかわれるので、ついつい普段の話し言葉、それ以上に砕けた言葉になる。

かくして私の内部では、言葉の遣いわけが当然のように了解されるのである。つまり公けの場、ハレの席ではヨソイキ語たる標準語に限りなく近い北海道産標準語、ケの場では、いつもの話し言葉となる。

これは私見だが、北海道出身の作家の作風のひとつに、総じて外国小説的な言葉の明晰《めいせき》さ、それが最も適する心理小説的な傾向を指摘できるとすれば、気候風土の問題とは別に、二重言語生活に知らず知らずのうちに慣れており、小説に用いる言葉を、最初からハレの言語、虚構の言語として了解し、習得しているからではないかと思われる。

簡単に言うと、作品内であやつる言葉に、土地に根ざした体臭や生活感をあまり感じないので、そのぶんだけ実感を離れた主知的傾向を帯びる、というわけである。ううむ。ヨソイキ語になってしまった。

まあ、そういうわけで、私の言葉遣いは、年を経るに従って、いよいよ二重人格的に分裂してしまった。

正直な話、大学を出て一、二年たった頃に知り合った東京生まれ、東京育ちの年下の女友達が、

「まあ、そうだったの。知らなかったわ。じゃあ今度から、そうしましょうよ」

などと絵に描いたような、いや違った、字に書いたような言葉で話すのを聞くたびに、いつになったら彼女はヨソイキをやめて普段着になるのだろう、もっと気を許しあえる仲になりたいのだけれど……と、ひとりで気をもんでいた。

だから彼女の家に招かれて遊びに行ったところが、彼女とご両親が、やはり字に書いたような言葉遣いでしゃべっているのを耳にした時は、腰が抜けるほど驚いた。

小説で目にして、映画などで耳にする、私にとっては少し気取ったヨソイキ語を、日常会話で、ごく自然のようにしゃべる人種がいようとは、思ってもみなかったのである。

世間知らずの私には、これまでにも様々なカルチャーショックがあったが、二十数年生きてきて、あれくらい大きなカルチャーショックは、ついぞなかった。

日本は広く、言葉は多彩だと、しみじみ感じ入ったほどである。

しかし、まあ、北海道育ちだの二重言語生活だのと、紙の上にもっともらしい言葉を連ねてみても、とどのつまりは、私の日常の言葉遣いはひどい、汚ない、という現実に変わ

りはない。

直そうにも、仕事やお隣近所のおつき合いのおしゃべりでは、そこそこのヨソイキ語を無意識のうちにも遣っているので、自分の言葉遣いがひどいと自覚する機会は、そう多くはない。

驚いた時や感情的になった時、反対に気を許した時に、ポロッと出る話し言葉が、よくないのである。

困ったものだ——と字では書くが、内心では、

「くっそー、ひでえ言葉だぜよな。しょむない」

などと呟いている。

親心

最近、一週間に一通ほどのわりあいで、母からの手紙が届く。

メールボックスをあけて、見覚えのある筆跡と、何の変哲もない白い封筒をみつけるたびに、む、来たな、と思う。

もともと母は手紙の好きな人で、離れて暮らしている今は当然としても、ひとつ屋根の下で暮らしていた昔から、よく手紙を書いた。私は少しばかり、母の手紙というやつが苦手である。

高校卒業の前後、私はよく出歩いていて、朝帰りすることも多かった。

田舎の高校というのは、多少の偏差値ランクはあるにしても、結局は生まれて育った地域性にどっぷり浸《つか》っているものである。

けれど大学となると、北は稚内《わっかない》から南は沖縄まで、日本全国規模の広がりになる。同じ北海道内でも、札幌の大学に進む者と、函館の大学に進む者は、それだけで別れを強く意識する。北海道はなにしろ広い。

まして海ひとつ、津軽海峡を越えて東京の大学に行くとなると、十八年間生まれて育った土地を離れるわけだから、東京に行く者残る者、それぞれに感慨がある。故郷を持つ者独得の感傷も、気負いもある。

それまで、さほど親しくなかったクラスメートが明日発《た》つ、ちょっと集まろうと招集がかかる。駆けつけるとマージャン大会になっている。パイをかき回しながら、修学旅行でも隠れてマージャンやったねなどと思い出話をしているうちに、やけにしんみりする。

そのまま朝までマージャンをやり、駅まで送っていこうじゃないかということになる。

まだ雪の降る三月上旬の朝、十人前後が駅舎に集まり、金網で囲った石油ストーブの周りにへばりついて、最後の無駄話に興じる。

改札が始まり、みんなは入場券を買ってホームになだれ込む。徹夜明けの興奮と感傷が入り乱れ、発車ベルの響く中、列車がホームを滑り出てゆくまで、なんとなく万歳をし続ける。女の子は泣き出してしまう。

北国の片田舎の卒業のいくつかは、そんなふうな風景だった。

つき合いの良さが災いしてか、連日のように招集がかかり、そのたびに駆けつけては朝帰りする私は、たぶん卒業熱とでもいったものに、浮かされていたのかもしれない。

例によって朝帰りをした日、自分の部屋に入ろうとして、私は目を瞠《みは》った。

「サエコへ」で始まる手紙が二枚、部屋のドアにガムテープで貼ってあったのである。

——貴女は今、卒業を前に、少し浮かれているのではないか。人生には、まだまだたくさんの別れや環境の変化がある。そのたびに浮き足だっていて、どうするのか。十年後に、貴女は今の浮かれぶりをきっと子供っぽいと後悔するだろう。きちんと足を地につけなさい——そういう文章だった。

朝帰りが続く私を摑まえてお説教しようにも、時間帯があわなくてスレ違うので、とうとうドアに手紙を貼り出したらしい。

卒業の甘苦い感傷に酔っていた私には、背中に冷水を浴びせかけられたような痛打だった。

母の指摘はもっともだという思いと、でも十年後の自分には子供っぽく思えることでも、今の自分には抜き差しならない重大なことなのだという反発で、私はその手紙をドアから剝《は》がして、机に仕舞い込んだ。

十年後にもう一度読み返して、今の自分を採点してやると意地になったのである。さすがに十年というのは長くて、その時の子供じみた意地も、証拠の手紙もどこかにまぎれてしまった。

でも今でもときどき、ドアに貼り出された手紙を見た時の驚きと、それを読んだ後のバツの悪さを思い出すことがある。

母から手紙がくると今も血が騒ぐのは、そのせいかもしれない。

最近、母が頻繁に手紙をよこすのは、三年ぶりにもちあがった縁談のせいである。実は今、真面目なお見合い話が深く、静かに進行しているのだ。

高校の頃は、先輩の男の子から電話がきただけでお説教され、せっかくのデートの約束を取り消したことが一度ならずあった。

それが大学に入ったあたりから、風向きが変わってきた。どうも、わが娘は、自分たちが高望みしているほどの器量ではない、とうすうす察し始めたらしく、心配そうにボーイフレンドの有無を確かめるのである。

こちらはこちらで、高校の頃のほうがよほどモテたと口惜しがっていたくらいで、清廉潔白な毎日だった。

そうこうするうち、父以外に男気のない我が家に、ひとりの青年が出入りし始めた。父の職場の若いヒトである。

父は彼を非常に可愛がっているらしく、家に招待しては食事をご馳走したり、碁を打ったりした。

娘の口からいうのも何だけれど、父は無口なうえ人づき合いが苦手で、趣味も短歌や俳句、カメラに碁、書道といったひとりで楽しめるものばかりである。

その父がにわかに後輩を可愛がり、事あるごとに、

「サエコ、あいつはいい奴だぞ。仕事も熱心だし」

と誉《ほ》めちぎるので、正直なところ、面喰らってしまった。

勤続三十年を過ぎ、何か心境の変化があったのだろうか、職場で思うに任せないことがあって、その捌《は》け口に後輩を可愛がっているのではないかと、娘は娘なりに、男親の心情に思いを致していた。

もっとも彼の訪問もそのうち間遠になり、そうなると父が誉めちぎることもなくなったある日、父とふたりで庭の手入れをしていると、

「サエコ、あいつには決めた人がいたんだそうだ」

俯きがちに雑草をむしりながら、父はぽつんと言うのである。

「すまんなあ」

しみじみと寂しそうな声であり、隠しても隠しきれない落胆の色があった。

この時初めて、父の目論見《もくろみ》に気づいて、私は呆然とした。

自分の相手くらい自分でみつけるわよ、とお決まりのセリフが喉まで出かかったものの、なんとか踏みとどまった。父は、自分の勇み足の結果に、少なからず傷ついているようで、しょんぼりと草をむしっている。

それがなにか、含羞《がんしゅう》といった古風な言葉を連想させて、流行りコトバではないけれど、そんな父をカワイイと思いますという感じで、逆に「気にしちゃ駄目よ、次のチャンスが

あるって」と肩を叩いて慰めてあげたくなったのだった。

その父が吐血して病院に担ぎ込まれたのは、私が十九の夏である。

重度の胃潰瘍《いかいよう》で、すぐに摘出手術の必要ありという診断だったが、空きベッドがない。ベッドが空きしだい入院、手術ということで、自宅待機となった。

誰も口に出さなかったが、胃潰瘍というのは、口実として、よく使われる病名である。誰もが最悪の場合を予想した。

気丈な母がひどく気弱になって、夜中に私の部屋に来て、とりとめのないことを話し込むことも、その予想を強めた。

二カ月後に結婚式を控えていた姉も、義兄も、母だけが医者に「真実」を告げられて隠していると思ったそうである。今となっては笑い話だけれど、あの頃は家族全員が集団ヒステリーにかかっていたようなものだった。

私はひそかに大学卒業までの費用を概算し、奨学金制度を調べ、いざとなったら中途退学の無資格の女の身で、どこに就職できるかを調べ回った。冷静であろうとするあまり、わざと打算的な行為に自分を駆りたてたわけだけれど、今から思えば、なんとも可愛げのない娘だった。

こういう家族の動揺が、父に影響を与えないはずがない。

病院のベッドが空き、明日入院という日の夜、料亭から仕出しを取り寄せて、義兄になる人もまじえての夕食会が開かれた。

目のさめるような美しい料理を前に、

「これが最後の晩餐《ばんさん》になるかもしれんな」

父は冗談のようにそう言って、目を赤くした。

母は怺《こら》えきれずに泣き出すし、結婚を目前にした姉と義兄は蒼白《そうはく》になるし、私は私で、父がまがりなりにも冗談を言うのは初めてのような気がしてゾッとしていた。

父の手術は予定を大幅に超過し、途中で血液が不足して職場に献血要請する緊迫した雰囲気の中、七時間に及んだ。

手術後、担当医師に面会して、摘出した胃を見せていただきながら、手術内容の説明を受けた。この時になってようやく、本当に胃潰瘍だったらしいというのが、母にも私にも納得できた。

重患病棟の集中治療室にいる間は、母と私が交替で付き添い、一般病棟に移ってからは私も学校に行き、帰りに病院に立ち寄って母と交替するというサイクルもできあがった。

そして私が病院に行くたびに、父はしきりと、とある青年医師を誉めるのである。

「○○医師《せんせい》は、優しいぞ。看護婦さんに聞いたら、優秀な医者だそうだ」

手術後の経過が良好とはいっても、点滴の管が三本も腕に入り、体を動かすにも介添えがいる状態で、息も絶え絶えに誉める。

病人はなにかと心細くて、いかめしい院長先生よりは、こまごまと優しい心遣いをみせてくれる新米医師のほうが、ありがたいのだろうか、と娘はしんみり考えた。

私からみれば、そのお医者様はちと若過ぎて頼りなく思えたのだが、それでも廊下でその先生にお会いすると、

「父がお世話になっております」

とご挨拶して、それを父に報告する。すると父は、満足そうに頷く。

手術直後で痩《や》せ細った父が、嬉しそうにするのを見るとホッとするので、いきおい、私達はかの青年医師を話のタネにした。

そんなある日、例によって大学から病院に直行し、あれこれとおしゃべりをしているうちに、いつもと違って口の重かった父がふいに、

「サエコ、あの先生、一度離婚してるそうなんだ。今朝、看護婦さんが言ってた」

思い沈んだ調子で、言い出した。

三十歳前後のお若い先生が離婚経験者というのは意外だったが、それよりも父がいやに深刻な口吻《くちぶり》なのが気になり、

「それがどしたの。人をそういうことで判断しちゃ駄目よ。いい先生なんだし」

と言うと、父は一呼吸おいて、

「やっぱり、おまえ、再婚相手というのは、いやだろうなあ」

無念の思いを滲《にじ》ませて、独り言のように呟くのである。

私は二の句がつげなかった。

父の病名に疑いを持って以来、覚悟を決めて学費計算をしたり、義兄になる人に改まって「万が一の時は、母と姉を支えてやって下さい」などと挨拶したりして、正気に返ると「ぎゃっ」と叫んで転げ回るような恥ずかしいことを、私はかなり真剣にやっていた。

手術が無事にすみ、どうやら本物の胃潰瘍らしいとわかった後も、緊張はまだ解けず、さし迫った姉の結婚の気ぜわしさもあって、半分夢の中にいるような状態だったのだ。

その緊張と混乱のさなかに、当の父がベッドの上で婿《むこ》捜しをやっていようとは、さすがに思ってもみなかった。

なにも腹をかっさばかれて、寝返りも満足に打てないような状態で、婿捜しをすることもないではないか。「再婚相手はいやだろうなあ」もクソもないもんである。

しかし、父は父なりに、大病を機に、無器量な娘の将来がいよいよ案じられて、結婚を急がせたい気持ちになったのだろう、とは察せられた。

となると詰《なじ》るわけにもいかず、ふくれっ面を見せるのも大人《おとな》げない気がして、仕方なく、ふ、ふ、と笑った。

父はつられて笑うようなことはせず、心底しょげ返っているようだった。やはり、含羞の父、といった風情であった。

そこへいくと、娘の縁談をめぐっても、母親は父親とは違って、ヴァイタリティに溢《あふ》れている。含羞どころか、生気みなぎるふうである。

今回の縁談をススメる手紙攻勢にしても、熱の入り方が違う。

まず母の娘時代の思い出語りから始まり、人生六十年を生きてきた女の先輩として、母の言うことに耳を傾けてほしい、やはり結婚が女の幸せなのである、結婚もしておらず子供もいない女は、一人前には見られない、貴女が一人前に見られないのは、母として悲しい――といった調子で、不覚にも涙ぐむほどの迫力があるのだ。

それがもう、一カ月ほど続いている。同じことを繰り返し書いているだけとはいいながら、よくネタが尽きないなと母の筆力に感心するほどである。

しかしまあ、病院のベッドの上で婿捜しをした父も、それなりに迫力があったのだから、父も父、母も母、どちらもたいしたものかもしれない。

さてさて。この親心に、娘はどう応えたらいいものか。

〝親の意見とナスビの花は、千にひとつのアダもない〟というのが、母の手紙のお決まりの結句なのだけれど、あたしゃナスビの花なんか見たことがないのだから、説得力に欠けるんですがね。

父の国鉄物語

最近は毎朝、新聞を開くたびに、どきどきする。〈国鉄〉の字が載っていない日はないからである。

私は男ではないし、サラリーマンではないけれど、男の人が長年勤めた会社の合併問題とか贈賄容疑の渦中で、自社の名前が取り沙汰されるのを耳にするのは、こういう気持ちかなと思うことがある。なんとも寂しくて、ただ、寂しい。

私の生まれて育った街は北海道の中西部で、札幌へは一時間ほどのところにある。市の名前が、近くの炭鉱で石炭を採掘する炭坑夫が湯浴みする沢のところ——つまりユアミサワが語源となって、岩見沢《いわみざわ》になったというくらいで、近くには三笠、美唄《びばい》、夕張といった炭鉱があった。

だから私の育った街は、かつては石炭の集積地として栄え、近くは近隣農業地域の作物の出荷地として発展した。そのどちらにも、鉄道は欠かすことのできない命づなだった。

炭鉱と農業の中継地として街が発展するということは、つまり国鉄の発展とともに、街が育ったということでもある。これは単に私の故郷だけではなく、北海道のどの街にも、多かれ少なかれ、いえることかもしれない。

父はバリバリの国鉄マンで、住んでいた町内も長屋式の国鉄官舎がたち並ぶ、ちょっとした国鉄村落の感があった。

銭湯も国鉄職員の家族用のものだったし、駅の裏手には共済組合が経営する購買部があり、スーパーなんてものができる前は、「コウバイへ行く」というのが、買い物に行くという意味の符牒になった。

町内で、国鉄職員ではない家族を捜すのが大変なくらいで、身辺には国鉄職員とその家族ばかりだったから、幼かった私はかえって国鉄に反発して、ＴＶでサラリーマンという言葉を聞くたびに、なにかひどくハイカラな、都会的なものを感じて羨《うらや》ましかった。

父は機関士だった。

今はもう、博物館にでも行って見るしかないＳＬの運転士のことである。

私は国鉄内部のことなどは知らないし、だから何をどう言っても私の印象でしかないのだけれど、国鉄職員のなかでも機関士というのは、かなりプライドが高い。

現場で汽車を動かしているのは俺だという現場主義と、高度な技術で汽車を動かしているという技術者の誇りがないまぜになって、あなた乗る人、俺うごかす人、黙って俺について来いのノリなのである。

だから愛社精神、というか愛鉄精神も尋常なものではなかった。まあ、結局は偏屈で狭量な父の個人的な資質に原因があったのかもしれない。

私が大学生になりたての頃だから、十年以上前になるが、通学の帰り、キセル乗車に間違えられたことがあった。

友人三人とお喋《しゃべ》りをしながらホームに出て、進入してきた列車をよく確かめず、飛び乗ってしまったのである。

列車に乗ってからも、女の子のたくましさで車窓の風景など見ずに、喋り続けていたが、さすがに二十分ぐらいして、おかしいと気がついた。

いつも停まる駅をいくつも通過している。

車内を見回すと、通学者らしい人はおらず、ちょっとした小旅行といった人達がぐったりと座席に腰かけている。

普通列車のことを、私たちは鈍行という。快速、急行、特急とランクがあり、鈍行と快速は同じ料金だが、急行からは急行料金がつく。もちろん定期で急行は乗れず、急行に乗るときは、普通料金＋急行料金を払わなければならない。

「ねえ、急行じゃない？　これ」

友人のひとりが小声で言った時、おりしも車掌さんの検札があり、やっぱり急行だとわかった。

間違って乗ったばかりに、定期が使えず、普通料金＋急行料金を払わなければならないのは癪《しゃく》だったが、間違ったのが悪いのだからおとなしく料金を払おうということになり、車掌さんの検札を待った。

ところが、車掌さんは私たちが切符購入を申し出たとたん、

「誰がこういうこと、やろうっと言いだしたんだい」

高飛車な物言いだった。

切符を切りながらも、今回は見逃すけど、こういうことやられちゃ困るよ、定期で急行に乗ろうなんて女の子のすることじゃないだろう、これまで何回成功したんだ、親の顔がみたいね、恥ずかしいとは思わないのかいと大声で言う。車両内の人たちは、一斉に私たちを振り返った。

定期の不正乗車が話題になっているときでもあり、私たちは不正乗車の現行犯扱いだった。たぶん、その車掌さんは本気で私たちをそう思って、みせしめのつもりで車両じゅうに聞こえるような大声を出したのだろう。

ただでさえ直情径行の私は、その現行犯扱いに頭に血がのぼり、携帯用の時刻表をバッグから取り出して、この急行の二分後に進入する列車に乗ったつもりだったこと、間違って乗ったのはこちらのミスだから、きちんと料金は払うが、不正乗車なんてとんでもないことをはっきりと言った。

しかし、車掌さんも骨のある人で、いったん不正乗車と信じこんだせいか、私の言うことを頭から信じていないフシがある。

ふてぶてしい、というような言葉を呟いて切符を切り、立ち去ろうとする。

「名前を伺わせてください。出るところへ出ても、身の潔白を証明します」

車掌さんも車掌さんなら、私も私だと思うが、気がつくとそう叫んでいた。今から思うと、どこに〈出る〉つもりだったのか、自分でもよくわからない。つくづく血の気の多い、可愛げのない女の子だった。これも家系というものであろう。

私も子供だったから、冤罪《えんざい》の悔しさと、公衆の面前で恥をかかされたショックで、駅から家までの帰り道、ぽろぽろ涙がこぼれてきた。間違えて乗ったのが悪いと言われればそれまでだが、なんとしても、非はあちらにあるような気がした。もともと国鉄のヒトは客を客とも思ってないのよ、いくら国鉄職員の娘だからといって、この暴挙を見逃せるもんか、あたしは断固、体質改善を要求する！

家に帰りつくなり、朝刊を捜して、投書欄の送り先をちぎっていると、両親はなにごとが起こったのかというおももちだった。娘が泣きながら帰ってきて、帰るなりモノも言わずに新聞をちぎり出したのだから無理もない。

母が理由を尋ねるので、不正乗車に間違われたこと、最後まで車掌さんは謝らなかったこと、気持ちが収まらないので新聞に投書するつもりでいることを言った。

すると父の形相が変わった。ものも言わずに、私を突き飛ばすようにして、私の手からちぎった新聞の紙片を取り上げた。

「ばかやろう！」

父は仁王立ちになり、全身を震わせて怒鳴った。

私の知るかぎり、父は暴力をふるったことのない人だった。母は私同様、やや直情径行で猪突《ちょとつ》猛進タイプで口うるさくもあったから、母から仕掛ける形で口論はあったが、父が母を殴ったりぶったりしたのを見たことがない。

たった一度、私の目の前で激しい夫婦喧嘩があり、あ、今、お父さんがお母さんを殴るなと実感したことがあったが、次の瞬間、父は手にしていた新聞を丸めて、母のすぐ横のテーブルをバンバンと叩いた。

それは激しい叩き方で、じきに丸めた新聞はぼろぼろになったが、それでも父は無言で、母を殴ろうとする昂ぶりをテーブルにぶつけるようにテーブルを叩き続けた。父はそういう人だった。

父が「ばかやろう」と怒鳴ったとき、私は丸めた新聞を思い出した。確実に、父は一瞬、私を殴ろうとし、それをこらえたに違いなかった。

おまえが間違って乗ったんだろ。おまえが悪いんだ。投書なんかしてみろ。その車掌に迷惑がかかるんだぞ。

父はあきらかに、そう言っていた。言葉には出さなかったが、はっきりと感じられた。そういう父の度外れた帰属意識が、今よりももっと幼かった私には耐えられなかった。

事態は不正乗車から父娘問題にすりかわってしまって、私はものも言わず部屋に駆け上り、夜どおし悔し涙にくれた。

翌日、泣きはらした目で階下に降りてゆくと、母がとぼけた顔で、

「あんた、ほら」

どこで調べたのか、新聞の投書欄の送り先を書いたメモをテーブルの上に置いた。

「お父さんはああいう人だから。投書して気がすむんなら内緒でさっさと投書してさ。あとは、お父さんと仲直りしてよ」

母らしい取りなしの仕方だった。母は自分が原因で家庭騒動をおこすときは依怙地《いこじ》なくせに、自分が関わらないときは、まるで悲母観音みたいに優しいのである。それに、こうやって下手《したで》に出ると、小心な私が我を通さないのを先刻ご承知なのだった。そういう母に比べて、やはり父は誰に対しても何に対しても、娘に対してさえも無器用な人だった。

母の巧妙なやり方で、投書する気は失せたものの、父とは感情的にこじれてしまった。父は父で、投書すると息巻いた感情的なバカ娘を許せなかったのだろうし、私は私で、父の偏狭な愛社精神が時代遅れで、頑迷なものに思えた。これから先、好きな人ができても将来のことでも、この頑迷さと闘わなければならないのかと思うと、お先真っ暗、といっ

た心境だった。

私は、かっきり四十日間、父と口をきかなかった。

どうして四十一日目に口をきいたかというと、さすがに娘の頑固さに手をやいたらしく、父のほうから和解を申し出てきたのである。

「サエコ、ほれ」

四十一日目に、父は私に小冊子を差し出した。それは九月からのダイヤ改正にともなう携帯用の時刻表だった。

「これで、これから乗り間違えないようにしなさいや」

私と目線が合わないように天井を見ながら、他人行儀な口調で言った。

瞬間、カッと頭に血がのぼり、私は父を睨みつけた。マザコン男とマザコンが原因で喧嘩したのに、男が仲直りの仲裁を母親に頼んだようなものである。

いいかげんにしてよと言い返しそうになって、私は大きく深呼吸した。そして、その時刻表を受けとった。父は心底ホッとしたように、全身で息をついた。

そのとき私は、父とは生涯理解し合えないなと思った。時代が違うという言い方や、世代のギャップという言葉がひどく実感できた。

と同時に、私が理解できないくらいの愛着を、父が国鉄にもっているのを理解した。娘が理解しようとしまいと、父は心から自分の職場に自信と誇りを持っていた。父はそういう仕事の仕方をして、そういう生き方をしている人だった。

　農家の二男三男坊が分家させてもらえる当てもない以上、国鉄に入るのがエリートコースだった時代があった。そういう時代に、父は国鉄に入った。

　輸送手段や交通機関が鉄道だけだった頃、二人の機関助士を使って蒸気機関車を動かす機関士は、国鉄のなかでの、さらにエリートだった。古いアルバムを繰っていて、父の同期生の記念写真を見つけたことがある。その写真の裏に、「僕らは幾万の財貨と人命を担《にな》って驀進《ばくしん》する」という父の走り書きの文字が躍っていた。そういう大時代がかったセリフがおかしくもなんともない時代があり、父はそういう時代に、そういうプライドを持って仕事をした。

　やがてＳＬが廃止され、電化の波がきた時、その影響をまともにうけたのは父たち、ＳＬ機関士だった。

　父は四十を過ぎて、小学生の娘にローマ字を習い、仙台にあった電気機関士のための教習所に寄宿生で入り、英語を勉強し、電気機関車の構造を勉強して新しい資格を取った。

　その頃には、大学出の職員が職場にどんどん入って来ていた。国鉄はエリートコースでもなんでもなく、ただ倒産の心配のない、親方日の丸という意味しか持たなくなっていた。「幾万の財貨と人命」も、その頃にはもう、国鉄ではなくても飛行機でもなんでも代用できる時代になっていた。

父は労組の同僚に気がねして助役試験を受けなかったから、じきに年下の上司ができ、東大出の二十代の駅長さんがきて、それでも父はずっとヒラの機関士だった。ある時期から、叔父である父の弟が、父の上司になった。

胃潰瘍で胃を摘出して外勤乗務が出来なくなり、内勤に替わった頃から、父はめっきり老《ふ》けこんだ。退職まで二年を残して、国鉄合理化の波のなかで、父は希望退職した。

父は確実に、国鉄とともに生きた。国鉄の誇りをなんの疑問もなく受け入れ、国鉄の変化に必死になってついて行こうとした。

国鉄の栄光も凋落《ちょうらく》も、すべては父の人生と重なっていた。十五歳で国鉄に入り、庫内《こない》手《しゅ》として油にまみれて車体整備をしながら札幌の技術教習所に通い、機関助士から叩きあげて機関士になった。生え抜きの国鉄マンだった。

新幹線も払い下げ用地も無縁のところで国鉄とともに生き、国鉄の変遷を体で受け止めて生きてきた父の証《あかし》は、どういうかたちで世に残るというのだろう。すべては抗し得ない時代の流れのなかで、忘れ去られていくのだろうか。

国鉄は、多くの人々にとってはサービスの悪い、赤字だらけの効率のわるい事業だったかもしれない。けれど、ただ単に利益をあげる以上に、沿線の地域を活性化し、地域文化を育《はぐく》み、地域とともに発展した側面もあったのだ。

その見直しも位置づけもされないうちに、赤字だらけという汚名を負って、かたちが変わってしまうのは、なんとしても寂しい。父が愛した国鉄は、目には見えない幾つものものを残したはずだったのに。

私の生まれて育った街は、炭鉱と農業と国鉄のおかげで発展してきた。炭坑夫だった叔父のヤマは閉山になり、父や母の生まれた家の水田が、減反政策で休耕田になり、みるみる地力が衰えて、ひびわれるのも見てきた。そして今は、国鉄までが静かにかたちを変えていく。

そうやって、すべてが失われていくことに本当に意味があるというなら、私はこの先をじっと見ていようと思う。この変転の果てに、どんな素晴らしい社会があるのか。父や、父によく似た男たちの人生とともに年を重ねた国鉄が、どんなに素晴らしい近代的な企業になるのか。その時、国鉄とともにあった地方の市町村はどんな街になっているのか。

私は国鉄なんか好きではないけれど、父は国鉄に仇《あだ》なす娘を殴りかけたほど、一途に、熱狂的に国鉄を愛していた。

舞台裏はたのし——競馬篇

競馬を観るのが好きである。

といっても、もちろんＴＶで観るので、お客として競馬場に行ったことはない。ただ、競馬場にバイトで通ったことはある。

私の育った町には、ばんえい競馬というのがある。馬に規定の重量の荷を引かせ、騎手というより馭者《ぎょしゃ》といった感じの、まあ、やっぱり騎手が馬にムチを当てて走らせるという、豪快な馬の競走である。

盛り土をした丘を駆けのぼり、人工的に作った泥沼を踏み越えて、ゴールをめざす。だから、スタートでトップの馬でも、途中でどうなるか皆目わからず、最後には腰のねばりと足の強さが勝つという、なんとも土着的なレースなのである。形としては、『ベン・ハー』のクライマックスの競技シーン、あれを思い浮かべてくれるといい。

幼い頃、農繁期になると母に連れられて、母の実家や父の本家の農家に行き、水田に入って田植えをしている出面《でめん》さん達を遠くに見ながら、一方で農耕馬が原野を耕しているのを見ていたせいか、馬がただ走るだけの競馬より、ばんえい競馬のほうが身近に感じる。

子供の頃に住んでいた近所には、牛を飼っている農家があって、私は毎朝、一升瓶を持って絞りたての牛乳をもらいに行っていたけれども、そこの家でも、馬は朝から晩まで原野に出て、畑で鍬《くわ》を引いていた。

うちの近所は、ほとんどが農家育ちの人々だったから、冬ともなると、それぞれの実家の人達が馬ソリに乗って、吹雪の中をものともせず、それぞれの家々に遊びに来ていた。どこそこの家に馬ソリが来てるぞと情報が入ると、近所のガキどもはどどどっとその家に駆けつけ、馬ソリに乗せてもらって近所一周したりした。

つまり馬は力強く働き、頼りになる、優しくて荒々しい憧れの動物なのだった。昔の話ですが。

ばんえい競馬は、そういう懐かしい馬の姿を再現してくれて、お祭りのように楽しい。

まあ、もっともお祭りだの楽しいだのと言っていられるのは部外者の呟きで、勝負事でもあるから、そこには馬主さんからお金を賭けるお客さんまで、悲喜こもごものドラマがあるわけである。

競馬場で働く人々というのも種々雑多、実にたくさんいた。

私の母は、若い頃は実家や近隣の農家に、出面さんに行っていた。出面さんというのは、一説によると day man の略だともいうし、当て字の出面そのまま、顔を出して手伝うというところからきたともいうし、よくわからないのだけれど、要するに、農家に手伝いに行く季節労働者のことである。

　雪解けの時期から四月までは、温床《オンショ》の苗づくり、苗の草むしり、苗取りがある。五月の末からは、田植えがある。六月の末までは、苗の差し忘れや、倒れて浮いている苗をフォローする差し苗というものがある。

　六月の末から七月までは、水田の仕事は休みで、その間に田圃《たんぼ》の草取りがある。九月末から、稲刈りがある。

　近所には、そういう主婦の出面仕事を統括し、農家との取りつぎをする経験豊かな長老みたいなおばさんがいて、そのおばさんが、どこそこの農家には出面さんが何人、どこそこの農家には何人と采配《さいはい》をふるう。

　母は毎朝、五時起きで家の中のことをして、六時には迎えのライトバンに乗って、出面に行った。私も中学と高校の頃、母の実家に苗取りの手伝いに行ったりした。といっても、シーズンに三、四回である。

　今は機械化が進んで、農作業もずいぶん楽になったらしいけど、十数年前はかなりの部分が手作業で、マチでやわに育てられた娘には、苗取りなんてのは地獄のように重労働だった。

　とてものことに、毎日曜日アルバイトに行く根性はなく、お小遣いが足りなくて困った時だけ、前々日あたりから体調を整えて、やるぞーっと覚悟を固め、自らを鼓舞して苗取りに行く。

ところが農作業の中でも、一番楽なのが苗取りなのだから、世の中はしみじみ甘くないのだ。受験勉強の方が、なんぼかマシである。

私が母と母娘喧嘩しても決してかなわないのは、母や出面仲間の腰のねばりの違いじゃないかと思うほど、あの重労働をこなす母は逞ましい。日本の母は強いのである。

その母も、ときどき体調の悪い年があって、そういう時は、

「今年は、出面は休み。ラクするよ」

と宣言して、競馬場に馬券売りのパートに行った。

近所の出面おばさん達も、時々は出面を休んで、競馬場にパートに行った。

母もおばさん達もくちぐちに、競馬はラクだラクだ、こんなラクしてお金もらっていいんだろかと言っていた。

無理もない話で、出面の時は朝の五時起き、六時から夜の六時まで十二時間労働なのである。

お昼の食事と昼寝の一時間が休憩で入るだけだから、まさに嘘でも誇張でもなく、夜明けから日没まで働いているといっても過言じゃない。

それに較べて、朝の九時、市の駅前に集合し、市差し回しのバスに乗って競馬場まで行

き、十時半から馬券売り場の窓口に出て、夕方の四時には窓口を閉め、その日の精算をして五時の帰りのバスに乗る仕事は、ほんとにラクらしかった。

あんまり母たちがラクだと言うので、そんなにラクに働ける仕事があるんなら、将来は競馬場に勤めようと本気で考えていた一時期もあったほどである。

それは大学生の時にかなって、大学生の頃は、夏休暇の間だけ競馬場でアルバイトをした。

それも馬券売りではなく、賞金計算のほうに回されて、仕事はいっそうラクだった。

私は小学生の頃から珠算を習わされていて、この電卓の時代にナニが算盤《そろばん》だ、競技算盤大会に出場して、古典芸能並みの技術を競うくらいしか能がないじゃないかと怒っていたけれど、世の中、やっておいて損なことはないのである。ゲイは身をたすくとはよく言ったもんだと、賞金計算をしながら、つくづく親に感謝した。

賞金計算とは、いかなるものか。

業界内部の企業秘密に触れるのではないかと思うと、あまりあからさまに言うのもナンなのだけれど、なに、そうたいした仕事でもなくて、要するに一回のレースで、それぞれの馬に順番がつく。

たとえば、キタノプリンス号が一着になると、キタノプリンス号の馬主にいくら、調教師にいくら、厩務員《きゅうむいん》にいくら、騎手にいくらと基本賞金が出る。二着以下も同じである。

そこに、そのレースの総馬券売上額と、配当率が知らされて、複雑微妙な計算の果てに、各人に支払われる金額が算出されるのである。

私たち計算係は重要人物であるから、競馬場内の一室に閉じ籠り、ガードマン付きでレース結果を見守る。

判定委員が詰めている本部とは無線で直結していて、レース後、厳正なレース結果が知らされる。

すると、それっとばかりに、賞金計算が始まるわけである。

賞金が算出されると、それを数種の書類に書き写す。

この仕事にも、かの出面仕事と同じように、この道何年のパートおばさんがいて、リーダーシップを取っており、

「あんた、女子大生らしいけど、こういう仕事、学歴関係ないからね。丁寧な仕事しないと、あとでミスするよ」

と重々しく教示する。

女の世界はこわいから、私は「はい」と頷いて、時間があればお茶汲みをし、持って来たお菓子などを配って、ミスのおめこぼしをいただくわけである。

だが、しかし、そうやって気配りをしていても、世の中、気配りだけでうまく渡っていけるほど甘いもんでもなく、いろいろミスをする。

私は一番計算がラクで、賞金額も少ない厩務員を主に担当していたのだけれど、賞金表を見間違えて、馬主の賞金額で計算してしまったりする。

途中で、やけに金額が多いなと首を傾《かし》げて、よっく見直し、計算間違いに気付く。そこからが恐しくて、書類を書き直すために、かのリーダーのもとにおそるおそる進み出て、

「あのー」

と間違いを申告する。

新しい書類一式をもらうまでに、大学生は遊び気分だからとか、算盤一級でも、こういうミスするのとか、いろいろと嫌味を言われて、会社勤めの新人ＯＬさん並みの苦労もあるのである。

ようやく書類一式をもらい、「ちょっとトイレ行って来ます」と言ってトイレに駆け込み、ちっくしょー、クソばばあ、大学生だろうが何だろうがミスする時はするんだぞーっと悔し涙にくれ、計算室では人目がこわいので喫《の》めないタバコを、おもむろにポケットから取り出し、お金稼ぐのってラクじゃないわと突然悟りを開きながら一服して、苗取りとどっちがラクだろうと労働について考察を深めながら、計算室に戻るのである。

しかし、これくらいのミスはまだよくて、賞金を支払う時のミスはまた、シビアだった。

二週間に一度、それぞれに賞金を支払うのだけれど、窓口で馬主さんや厩務員さん達から印鑑をもらい、書類にハンコを押して、賞金袋をお渡しする。

馬やお客さんはもちろんだけど、馬主さんや騎手さん達あっての競馬だから、みなさん大切な方達である。

馬主さんは金のハンコの指輪をしてたりして、それをお借りして、ぺたぺたハンコを押すのだけど、金のハンコってのは、あれは押しにくい代物なのだ。

ともかく押しゃいいんでしょ式に、全書類にハンコを押して部屋に戻って来ると、書類チェックがある。

ハンコが斜めになっていたり、少しでもかすれていると、

「この書類、駄目ね」

と、かのリーダーに捨てられてしまう。

そうなると自主残業で、せっせと書類を書き直し、厩舎《きゅうしゃ》を駆けずり回って厩務員さんを捜し、頭を下げてハンコを押し直してもらう。競馬場は広くて、馬車ウマのごとく走り回った。

戦いすんで日が暮れて、馬糞が転がってる厩舎の間をとぼとぼ歩きながら、馬券窓口で頑張ってる母を思い出し、あのヒト、私以上に抜けてるけど、ミスして辛い目にあってんじゃないかしらなどと、にわかに母娘の紐帯《ちゅうたい》を感じたりして、涙するのであった。このトラウマがあるので、私はいまだに理論武装した人間なんか屁でもないけど、パートのおばさんはコワイ。

大学を出てから、一時期、今度は競馬場に出店している食堂でバイトした。

私の友人の母親が一膳飯屋のお店を持っていて、競馬の時期になると、業者間の入札があり、それをうまく通過すると競馬場で食堂を開ける。場所決めのクジ引きで、出入り口の近くとか、人目に立つ場所とか、いいショバが取れると一年分の収入になるそうである。

ところが、その年、おばさんの引いたショバは最悪で、競馬場の端の端だった。

怒り狂ったおばさんは、質より量だと腹をくくった。事前にライバル食堂の値段を察知し、どこよりも安い値段で店開きしたのだった。

そういう店に駆けつけるのは、なけなしの財産すべてを競馬につぎ込む、心優しく荒々しい無職のおっちゃん達である。店は大繁盛だったけれど、なんともはや騒然とした雰囲気の食堂だった。

コップ酒を飲んでたおっちゃんが、突如コップをコンクリートの床に叩きつけて、

「ちくしょう、ざけんじゃねえ。なんで、アラキノホマレが三等なんだべ」

と怒り出し、嘘でもなく、胸から数十枚のスカ馬券を引っぱり出して、引きちぎり出す。競馬新聞もびりびりに引き裂く。

隣でライスカレーを喰ってたおっちゃんが、大当たりの自慢をし始め、あちこちで殺気だったおっちゃん達が立ち上がる。

その喧噪《けんそう》の合間を縫って、友人と私は、

「おじさん、十円足りないよ」

などと冷静に怒鳴り返す。

怒鳴りながらも、手はカシワうどんなんかを作るわけだけど、このカシワうどんというのもひどい代物で、素うどんに鶏の皮をしょうゆで煮込んだものをのっけて、それでおしまい、なのである。

カレーとなると、これまた凄まじくて、たまねぎをコップ一杯のお湯で煮て、小麦粉を溶かしたものにカレー粉をぶち込んだだけのルウを加え、三分ほど煮たてて、それでおしまい、である。よく、あれで文句がこなかったなと信じられない気がするけど、やっぱり味の素をどっちゃり入れたおかげだろうか。

おっちゃん達はなぜか納得した顔で黙々と食べ、レースの不満はぶちあげてもメニューの悪口は言わず、カップ酒をいくつも買ってくれて、そそくさと客席に戻って行った。なにかこう、いかにも地方競馬という活気があって、なまじなレースよりおもしろかった。

今は競馬場もコンピュータ処理を採用して、パートおばさんも激減し、食堂の出店規制もいろいろ変わったらしい。

でも、どうもＴＶで華やかな競馬中継なんかを観ていても、その舞台裏で走り回っているであろうパートおばさんや、アルバイト学生、金ピカのハンコ指輪をした馬主さんや、スカに泣くおっちゃん達が思い浮かんで、困ってしまう。ちゃんと表舞台を楽しまなくてはゲームのルールにはずれるとわかっているのだけど、ついつい舞台裏のほうにも興味がいって、それはそれで、なんだかしみじみ、可笑しいのである。ソコハカとなく、可笑しい。

競馬、早く始まらないかな。私、競馬が好きです。あれ、人間ドラマだから。

十年ののち

私には、三人の親友がいる。

三人とも、高校時代からのつき合いである。

私達の高校時代は、三無主義四無主義と言われ、政治問題も社会問題も扉の外のことで、限られた特殊なコたちがビラ配りをするくらいだった。

授業のフリーディスカッションで、たまたま日ソ漁業交渉のテーマで話し合っていた時、男のコがふいに立ち上がって、

「日本の政治はよくないっていうけど、ソ連だって立派な建国理念を標榜してるわりには、やることがあこぎじゃないか」

と激して叫び、私達を唖然《あぜん》とさせた。

あとで、「どうしたの、カレ」と話題になったが、彼と同郷のコが、

「あいつの親父、××村の出納係だろ。今度、自民党公認かなんかで村長に打って出るんでないの」

と言い出し、私達は「ふーん」と半分わけがわからず頷くという、どこまでも平和な高校生活だったのである。

クラスメートの間で、政治レベルの話題が出たのは、後にも先にもこの時ぐらいで、外に目がいかないぶんだけ、みんなは友人づき合いを大切にしていた。私も、そうだった。昼食を一緒にとる昼食友達、トイレに一緒に行くトイレ友達、一緒に試験勉強をする勉強仲間、アフタースクールで遊び回る遊び友達。それぞれの領域に友人がいた。

にもかかわらず、親友の三人は、そのどれにも当てはまらない連中だった。

私を含めた四人が同じクラスだったことは、一度もない。なのに二年の頃には、そのうちのひとりの家を根城《ねじろ》にして、勝手に出入りして、好き勝手なことをしていた。

ひとりは趣味のサークルをつくって、校外の生徒と同人誌や回覧誌などを作り、そういった連中とばかりつき合っていた。

ひとりは極端な人嫌いで、嘘かマコトか小学六年の時に『資本論』を読破したといい、実際、彼女と同じ中学出身のコが「あのヒト、神童と言われてたのよ」と証言していた。つまり田舎の神童のナレの果て少女だった。

もうひとりは、二カ月に一度は新しい男のコに恋愛して、「カレも私のこと、好きだと思うんだよね。私が話しかけたら、必要以上につっけんどんなのさ。これ、意識してるってことでしょ」とひとりで盛り上がっていた。

私はといえば、三人をひとりひとり観察しては分析し、そうすることが自分の冷静さを保証しているように思えて、ひとりで満足していた。

要するに四人とも鼻もちならない小娘で、高校時代特有の、熱に浮かされた一時期だからこそつき合える、反発と共感の入り乱れた赤むけの仲間だった。

確かに、私達は特別なつき合い方をした。

将来の夢を語り合うどころか、具体的な進路についても話したこともなければ聞いたこともなかった。

サークル少女の父親がダンプにはねとばされて危篤だと聞き、三人で家に駆けつけると、彼女は肩をすくめて、

「昨夜まで、母親と一緒に通帳捜しよ。とうさん死んだら、向こうの親戚がどっとタカリに来るからね。その前に現金化して、押さえとくっての。そしたら、それまで寝たきりだったじいさんが、急に起き出して、オレの部屋には一歩も入れないって喚くじゃない。今まで寝たきりのふりして、あたしを騙してシモの世話までさせてたって、かあさんが泣き出すしさ。てんやわんやよ」

と笑いながら言った。

彼女の家庭の事情からみて、あながち作り話とも思えない話だった。たぶん、それは本

当にあったことだろう。

そして、それを冷笑的に、ユーモアをまじえながらしゃべるのは、父親危篤の現実をなんとか戯画化して、崩れそうになる自分を支えようとする苦い作業だというのも、よくわかった。

わかったから、私達はみんな笑いながら、

「そこまで大騒ぎして、これでオジサンが助かっちゃあ、バカ見るね」

と言い合い、景気づけにと称して、夜っぴてどんちゃん騒ぎをした。

本当に、ある時期だから許される、悪趣味で無作法なつき合い方だった。

高校を卒業してからは、一年に一度、会うかどうかというつながりだった。

そのくせ、どこからか情報が入り、元神童が同棲しているとか、恋愛オンナが男の部屋に押しかけたとか、サークル女が三度目の引っ越しをしたとか、細々《こまごま》したことまでも実によく把握していた。

高校を卒業して四年目の春には、四人の進む方向はみごとなほど、バラバラだった。

元神童は男の生活を支えるために国立大を中退していたし、恋愛オンナは卒業間際の恋愛沙汰で就職活動ができず、コネとツテで団体職員にもぐり込んだ。

サークル女は離婚した両親の双方から、等分に生活費を受け取り（つまり、ダンプにはねられて危篤状態だった父親は、奇跡的に助かったのである）、悠々自適のひとり暮らしをしていた。

私とサークル女と恋愛オンナ、計三人で二年間、共同生活をした。

私は職を持たずブラブラしていたし、サークル女はいざ離婚の時にも困らないように手に職を持つと言い、和裁学校に通っていた。恋愛オンナは休日ごとに化粧しては、どこぞに外出していた。

ひとつ屋根の下に暮らしながら、私達は一度として、相手の生活に踏み込んだことがなかった。

一応の共同スペースである六畳ほどの居間には、古ぼけたテレビがあったが、三人がガン首揃えてテレビを観るというのは、ほとんどなかった。

それぞれの生活時間帯が違っていたせいもあるけれど、何より居間が汚なくて、五分とおちついて座っていられなかった。

三人とも、自分の部屋はきちんと掃除するくせに、共同スペースは他のふたりがやるだろうとタカをくくり、結果的に誰も手をつけなかったのである。

鍋はふたつしかなく、三人のうちの誰かが気負って、二品以上の料理をつくろうものなら、残るふたりはその鍋があくまで、外食かレトルト食品を食べなければならなかった。

食事も完全に分離していたので、誰かがつくった料理は腐ってもその人のものであり、他のふたりが手をつけることはなかった。

鍋の所有権をかけて、三人はそれぞれに知恵を絞った。夜中に鍋を確保し、抱いて眠るということもやった。

鍋くらい、安いアルマイト製のものを買えばよさそうなものだが、恋愛オンナは勤めて以来、金銭感覚が完全にズレてしまって、洋服と化粧品を腐るほど買い込み、クレジット会社から督促状が舞い込む生活をしていた。

一度など、月末にトーフ一丁買うお金もなくなり、カードを握りしめてデパートの食料品売り場に駆けつけ、食料品を一万円分、カードで買って来た。

カードは一万円以上でなければ使えないので、余分なものも含めて、ともかく一万円分買って来たと鼻息も荒く宣言され、私達は言葉もなく嘆息した。

そういう彼女だから、鍋を買おうなどという発想が出てこない。ともかく、一にも二にも洋服と化粧品なのだ。

一方の私も、鍋を買うくらいなら一本四百八十円の二級ウィスキーを買ったほうがマシだと豪語し、実際、トリスやネプチューンを買い込んでは、お湯割りにしてぐいぐい飲んでいた。

残るサークル女は、「なんで私が、これ以上、鍋を買わなきゃいかんのよ。意地でも買うもんか」と気色《けしき》ばんでいた。ふたつの鍋は、もともと彼女のものだったのである。

三人が三人とも、自分勝手に生活していた。私達のルールはただひとつ、干渉しないこと、それに尽きた。

一度、私が強烈な胃の痛みに襲われたことがある。

知ってる人は知ってるだろうが、スーパーには賞味期間を過ぎた加工食品を半値以下で投げ売りするコーナーがある。私はいつもそのコーナーで食品を買い込んでいた。

どうも、そこで買ったウドン玉がイケナかったらしい。一日一食で極端に胃が弱っていたうえ、安ウィスキーをがぶ飲みして胃を荒らし、あげくに傷んだウドン玉の決定打で、私は身悶えするほど苦しみ、台所で胃の中のものをすべて出してしまった。

ちょうど部屋から出て来たサークル女は、それを見て、眉《まゆ》をひそめた。

「これから銭湯に行ってくるけど、戻ってきたら夕飯つくるんだ。それまでに、台所、きれいに原状復帰させといてよね」

そう言うなり、さっさと銭湯に行ってしまった。

私は目に涙をためながら（別に悲しかったわけではなく、胃液も出してしまったので苦し過ぎて、ごく生理的に涙が出てきたのである）、台所をきれいに流し、よつんばいになって部屋に戻り、こたつ布団にくるまってウンウン唸り続けた。

銭湯から帰って来た彼女は、私の部屋の戸を細くあけて、何やら転がしてよこした。正露丸の壜《びん》だった。

私達のルールでは、正露丸の壜がぎりぎりの譲歩ラインなのだった。それにコップ一杯の水を添えることさえ、すでにラインを越えてしまう。

そんなふうに、実にくだらないラインをいくつもいくつも引き合いながら、それぞれの相手をとても身近に感じて生活していた。

三人には三人の恋愛があり、それに付随する様々のことがあったが、それも不干渉だった。

その頃、元神童は遠い見知らぬ土地で、男と結婚生活をしていた。

大学を中退して生活を支えてやった男は、なんとかまともな勤め人になっていた。ただ、まだ籍は入っていないというのも聞いていた。

私達三人の共同生活は、クレジット女が転勤になることで、一角が崩れた。

残った私とサークル女は、半年間ほど共同生活をした。

そんな時、元神童は男ともつれた関係のまま、北海道に戻って来ていた。

彼女は男と別れて暮らしたがっていたが、ひとり暮らしをするにも当座の資金が必要なのに、彼女は一文無しに近かった。

一方の私は、ひとり暮らしをしようと思えばできるくらいの余裕が、少しはできていた。

私はサークル女との共同生活を解消し、私が抜けた穴に、元神童は当然のように納まった。彼女達は、短い共同生活を送ったようだった。

それ以後もいろいろな消息を聞きながら、四人が顔を合わせることはついぞなかった。

私は仕事をし、ひとりは結婚し、ひとりはゴタゴタした恋愛関係にはまり込み、ひとりは別れた。

それがつい最近、まったく突然に、東京にいる私に、クレジット女から電話が入った。

「どこから、かけてると思う」

「まさかアメリカじゃないでしょうね」

彼女はいつのまにかダンナをつかまえ、アメリカに行っていた。

子供ができたという話も、どこからか聞いていた。

「日本に一時帰国よ。今、札幌のあんたのマンション。いいとこだけど、狭いじゃない。アメリカのフラットは広いわよ、どんなボロでも」

「あたしんとこって、あんた、じゃ、昼日中に、うちの電話で長距離かけてるの⁉」

三年ぶりに声を聴く旧友に、まっ先に言ったセリフがそれだった。

「どうやって入り込んだのよ。鍵は。マスターキイなんて、ないんだから」

アメリカ帰りの彼女はふふんと笑って、サークル女から鍵を借りて合鍵を作ったと説明した。

私は留守中の家の鍵を、万が一の時にそなえて、サークル女に預けてあったのである。

「こっちに帰って来たものの、ダンナの両親とは気まずいし、うちの両親ともケンカしちゃってさ。ダンナと子供連れて、おたくんちに退避させてもらってるの。あと一週間ほど居さしてもらうけど、その間に、あんた戻って来て顔見せない？」

会いたい気持ちもあったが、飛び立つほど是非会いたいと思うほどでもなかった。仕事も詰まっていたし、とてもすぐには戻れない。

そう言うと、彼女も強《し》いて誘わず、「あ、子供が泣き出した。じゃーね」と気軽に言って、電話を切った。

それから十日ほどして、仕事がらみで北海道に戻る機会ができた。家に行ってみると、アメリカ帰りのご一家は引き払った後だったが、代わりにサークル女がいた。

ストーブをガンガンたき、紅茶を飲みながら雑誌をめくり、えらく寛いでいた。サークル女もとうに結婚しており、ダンナの出張の時は、私の家に来て息抜きをしているのだ。

元神童の女の方は、前の男と別れた後に、別の男と仲良くなり、子供をこさえている。クレジット女の一時帰国を聞いて、子供の手を引いて現われ、私の家で、私なしの三人の同窓会をやったという。

「あんたも来るとよかったのに」

そこが誰の家か忘れている口吻《くちぶり》で、彼女は言った。

クレジット女が私に電話をかけてきたのは、その同窓会の誘いの意味もあったらしい。

けれど十年前と同じように、彼女は必要なことさえもはっきりとは言わず、私も聞きもしなかった。私達らしい電話だったのだ。

「高校出て十年目の顔合わせでしょ。なんか、ヘンに感動した。昔、生きるとは何かッと眼血走らせてたけど、要するに、生きるって生活することだねえとか話してさ。十年経ってわかったことって、それくらいね。あと十年後に、みんなどうなってると思う?」

わからないな、と私は答えた。

惚れる

ここしばらく、持病の発作がない。

この病気はお金や時間ばかりか、体力もえらく消耗するので、極力なるまいと心がけてはいるのだが、しかし、どの病気もそうであるように、なろうと思ってなるはずはなく、気がついたらすでに発病しているのが常だった。

罹《かか》った、と自覚した時はすでに遅くて病魔は全身をかけ巡り、私はといえば貯金通帳と保険証と、時には住民票までも握りしめ、この命尽きるまでの意気込みで病気にのめり込んでいく。

数年前、スペインの杉良太郎みたいな、やたら色っぽい小父さんのフリオ・イグレシアスがマスコミにどどんと現われた時など、病気に罹らなくてよかった、これにイカれたら、後を追っかけて世界を駆け巡るばかりではなく、ディナーショー用の衣裳や装身具の果てまで揃えなければならず、確実に身代《しんだい》を潰してただろうと、さして残高のない通帳を眺めながら安堵《あんど》のタメ息をついたものだった。とどのつまり、惚れっぽいのである。

しかも惚れたら最後、行きつくところまで行きつかなければ収まらないというのが、この病気の恐しいところで、大抵の場合、精も根も尽きはてて、胸かきむしられる思いで涙ながらに諦めるという終着をみる。

かつて学生の頃、一人の作家の読点に惚れた。

その人の読点の打ち方には明らかに尋常一様ならざるものがあって、思いもかけぬところに、思いもかけぬリズムで打ってある。

こちらの予想せぬところに打ってあるため、こちらの本を読む速度とリズムが完璧に狂わされ、その狂い方が疼《うず》くような痛みを伴った快感に変わる瞬間がある。

こうなると蛇に見込まれた蛙で、その快感味わいたさに、その作家の全作品を蒐集《しゅうしゅう》して読みまくる。

ここまでは田舎の文学少女くずれのなれの果てで、さして異常でもないのだが、なにせ惚れたのが読点なだけに、この読点の秘密を探らないではいられない。

作品群を分析しているうちは可愛いもんだが、そのうち、この読点のリズムは作家の生理的な内なるリズムに近いと思い始め、蓄膿症もしくは喘息《ぜんそく》、とどのつまり呼吸器系になんらかの疾患があり、それが原因なのかもしれないと思い至る。それとも、この息の長い文章、そのくせストンと落ちるような読点は慢性貧血症のケがあるのかもしれない、とも思ったりする。

どっちにしろ、かなり身体的特徴が重要になってくるので、気がついたら荷造りをしていることになる。作家を遠目からなりと、見ないではいられないのである。

その作家の自宅近くに宿を取り、エッセイ等でしこたま手に入れた知識をもとに、その作家の行きそうな場所をさすらい、自宅の周辺を行きつ戻りつして、目指す御方が現われるのを待つ。現われたら最後、道を尋ねるふりをしてでも、いよいよとなったら体当たりしてでも御声を聴き、蓄膿症かどうか確かめようとする。

さすがに時々、なけなしの理性が戻ってきて、夫から依頼されて妻の浮気現場を押さえる興信所の調査員のごとく、見知らぬ街の電信柱の陰に立って、今か今かと自宅を睨んでいるおのが身の不気味さをふと自覚したりもするのだが、そういう時はすでに暗記するくらい読み込んだ文章の中の、最も美しい読点を思い浮かべ、いやいや、すべてはあの読点のためと自らを鼓舞する。

ところが一週間ほどもそうやっているうちに、なにせ学生の身のこと、時間はともかくお金が底をついてきて、しかも体力も限界に達してくる。かくして恋する人を一目たりとも見られなかった無念さと切なさを噛みしめつつ、矢折れ力尽きた思いで家に帰り、涙にかき濡れながら、かの人の文章を読点を読むためにのみ、読み返すのである。

類は友を呼ぶというが、似たようなのが友人にもいて、ある日突然、彼女が訪ねて来た。

彼女と私とは主に文通で交際しており、当時私は大阪のはずれにいて、彼女は東京にいた。

わざわざ私に会いに来てくれたのかとえらく感動したら、そうではないという。好きな歌人の家が近くにあるので、私の家を拠点にしてその家へ日参するために来たというのだから唖然とした。日参といったところで、歌人御本人に会う手蔓《てづる》も勇気もなく、ひたすら「ご尊敬申しあげ、お慕い申しあげている御方が日常の御生活を営まれている御本陣を、遠くから拝し奉りたい」という。

私の家に居候している間じゅう、意中の方がお好みになるというたらこや塩鮭の皮を所望し、昼はカメラを提げて外出し、夜、充ち足りた顔で帰って来て、せっせと友人や家族にあてて感激を縷縷《るる》書き連ねている。その便箋と封筒というのがまた、かの歌人が私的に友人に頒布しているという特注便箋と封筒で、病膏肓《やまいこうこう》にいっている彼女はどこからかそれを手に入れ、一枚一枚身の皮を剝ぐように切なげに、愛しそうにその便箋を使っていた。

歌人に魅《ひ》かれるというのは実に麗しい、誰に恥ずることない心情だが、それとカメラをぶら提げて歌人の家を激写して喜ぶということには、なんら関連はないわけで、これを一言で収めようとすれば、狂恋、偏執狂《マニア》としか言いようがない。

彼女はまた若手ピアニストのミハイル・プロトニョフにも「恋愛」してしまって、彼が来日するニュースを呑気《のんき》に待っていることができず、一刻も早く情報を手に入れて全演奏会の切符と各地のホテルの手配をするために、彼を招く音楽興行の事務所に日参していた。

そのホテルというのもただのホテルでは駄目で、彼が宿泊するホテルと同じでなくてはならない。そのホテルで、彼が食べるであろう朝食、彼がデザートで口にするであろうアイスクリームやメロンを食べ、感涙にむせぶのである。

さらには「あの方のお国の事情を知りたい」と言い出して、ソ連関係の書物を集め、私が北海道は札幌にある日ソ友好会館に時々絵を見に行ったりして、その縁でソ連映画を鑑賞する夕べの招待状が来たりするというと、その招待状だけでも譲ってくれ、あの方の国の香りがすると真顔で懇願する。

実にもう、とち狂う、というのがふさわしい病気ぶりだった。

だが、しかし、作家の読点だの歌人だのピアニストだのという、考えようによっては知的教養的な匂いのする対象に惚れ込むのは、まだいい。少なくとも、世間の目はそんなに厳しくはない。

困るのは、常日頃、自分でも洟《はな》も引っかけないようなものに、なぜか、惚れ込んでしまう時である。

たとえば前記のフリオ・イグレシアスにしても、いい年した頭の禿げたオッチャンに騒いでる女どもを見ると、だから女は馬鹿なんだ、少しは天下国家のことでも考えんか、このっ、と思うくせに、反面、万が一にも惚れてしまえば、男の価値は髪の毛なんかじゃないわ！と世の無理解を怒り、彼について書いてあるあらゆる女性週刊誌の類をかき集め、スペイン語を独学し、親兄弟をくどき落として借金しまくり、世界を股にかけたグルーピーに変身するのは、まず間違いないのである。

なぜ、そう言い切れるかといえば、すでに似たようなことをやっているからで、関西のとある劇団の役者に惚れた時、二十数年暮らして来た北海道を一夜にして飛び立ち、家財道具と住民票を携えて大阪に引っ越してしまった前歴があるのだ。

住む家すら決まっていないのに機上の人となり、着いた翌日、不動産業者を駆けずり回って午前中に居を定め、午後から家具を搬入し、夜にはすでに劇場の楽屋口近くでお目当ての役者が出てくるのを、花束抱えて待っていた。

役者の周りをうろついているうちにマネージャーのような人と知り合いになり、その人から公演のスケジュールなどを聞き出しては公演の切符をすべて確保し、連日、マチネのある時はその分も含めて、一公演三十ステージ観破（?）した。

同じ舞台を三十回も観るうちには、照明の入り方、セリフのきっかけ、演出家のクセに至るまでしっかり頭に入ってしまって、照明のきっかけが少しでも狂うと、あのせいで私の好きな御方のセリフがやや乱れたなどと胸をかきむしられ、私に脚本を書かせてくれたら、あの御方がもっと照り輝くのにと無名であることの無念さに涙をもみ絞った。

公演がない時はない時で、ファンの間を駆け巡る情報を頼りに、今日はショッピングにお出かけらしいといえばお店に先回りし、今日はお稽古に行かれるらしいといえば、お稽古場の近くに出没した。

その間、仕事はどうしていたかというと、ズタ袋ようの大きなバッグに書き損じた時のために百枚ほどの原稿用紙を入れ、国語辞典古語辞典の類、資料に使う本やコピー等をどさっと詰め込み、それを背負いながら役者を追っかけるのである。

公演中なら舞台の始まる前まで劇場内の喫茶店に入って書き、幕間には食堂に入ってソバをかっ込みながら書き、楽屋から出て来るのを待ちながら案を練り、役者に花束を捧げて走り去る車に手を振ってから、家に帰って疲れきってフラフラになりながら書く。

翌日の舞台中に眠ってしまっては元も子もないので徹夜はできず、そのくせ、いつ何時、かの方のお眼に留まるやもしれないので、翌日の服装だけは深慮熟考して吟味に吟味を重ね、ふと気がつくと朝方の三時四時なのも一度や二度ではない。

公演がない時も同様で、むしろ時間が決まっている公演中の方がよほど楽だった。ショッピングだお稽古だとなると、時間が流動的だけに喫茶店に腰をおちつけて書くのもままならない。

同じファン稼業に精を出してるファン仲間に頼んでパートナーを組み、私が喫茶店で書いてる間、彼女が役者の動静を見張っていて、向こうが動き出したら「動いたっ」と叫んでもらったりもした。

そのひと声がかかると、たとえ、あと五年は書けないであろう美文がどういう細胞の悪戯《いたずら》かスラスラ出てきてる最中であっても、ペンをかなぐり捨てて原稿用紙ごとバッグに突っ込み、それを担いで喫茶店を横っ飛びに飛び出すのである。

〆切りがいよいよ煮詰まってくると、その時ばかりは伊丹《いたみ》空港近くの喫茶店に行き、そこで朝食昼食をとりながらせっせと書き、航空便で送るやいなや、車をすっとばして劇場にとって返すという離れワザもやってのけた。

例の歌人狂いの友人が訪ねて来たのはこの時期で、昼、彼女はカメラを抱えて歌人の家の見える場所に、私はズタ袋を担いで劇場に繰り出したのであり、あの頃の我が家は実にもう、恋の狂気に満ち満ちていた。

世間から見れば、お手軽なアイドル歌手親衛隊と同じことをやっているというのは重々承知しており、十年後二十年後には大傑作を書くはずの私が、なぜにこういう浅ましい真似を……と自責とも自嘲ともつかぬ涙にくれてはみるのだが、惚れてしまえば歌人もピアニストもアイドルも役者も同じ次元になってしまうのが、恋愛という病気の恐しさなんである。恋愛に貴賤なしとは、よく言ったもんだ。

この役者狂いは、体力の限りを使い果たして、ストレスと疲労からくる一種の自律神経失調症になったところでドクターストップがかかり、断腸の思いで大阪を後にして一応決着した。十年来の片恋の相手を思い切るほどに、切なかった。

あの時の切なさが未だに尾を引き、惚れっぽい私にしては珍しく、ここ数年息災なのだが、この先どうなるものかわからない。

二十代の後半からグンと体力の衰えが目立ちはじめており、体力にモノを言わせて無茶をすることができないだけに、ここで一発大きいのを発病したら歯止めがきかないような気がする。

シコメならぬ年増の深情けで、ヤバイことになりそうな気がする。

女ひとり旅作法

ふいに、旅行したくなった。

私はいつも、何をするにも、〝ふいに〟思い立つほうである。

綿密な計画をたてた旅というのは、過去に一度きりであった。十六日かけて、奈良一円を歩き回った旅行だけである。

かの会津《あいづ》八一《やいち》先生もお泊まりになり、堀辰雄も泊まった日吉館に長逗留を決め込んで、毎日歩き回った。

歩き回ったのは、旅は歩くものだという美学に毒されていたのでは、さらさらない。私の理想は、メーターを気にせずにタクシーで観光しまくる、お大名観光である。歩き回ったのは、悲しいかな、バス代も惜しいほどの節約旅行だったからに過ぎない。

当時、日吉館は二食付で三千円。当時としてもべらぼうに安いうえ、畏《おそ》れ多いことに夕食には肉まで出た。スキヤキと水炊きが、一日置きだった。感激して、涙した。

三畳間に四人が寝ることもあったし、たわんだ畳を突き破って、雑草が雄々しく生い繁ってもいた。風呂場の引き戸には『実力でお入り下さい』という意味深長な札が、ぶらさがってもいた。

そうしてまた、そういう部屋の一隅に、会津八一の直筆色紙が無造作に掛かっていて、なにかこう、日本文学全集の世界というか、大和古寺物語的雰囲気が、ひたひたと漂っていたのである。よい宿だった。

朝食のお櫃《ひつ》の残りご飯で、塩おむすびをつくる。漬け物の残りをわけてもらう。朝食用の生卵を茹《ゆ》でてもらったりもする。旅行中に駅弁と一緒に買った日本茶の、プラスチック容器に水を詰める。

そうやってタダで昼食を調達して、宿を出て、一日じゅう歩き回った。

行きも帰りも徒《かち》なので、途中で道草をくったりすると疲れ切ってしまって、帰って来られない場合もある。

途中で挫折してバスに乗ったりするのを自らに禁じていたので、前日は必死になって地図を眺め、距離を算出し、所要時間を割り出して、日程表作りにこれ努めた。

猿沢池あたりをそぞろ歩きながら、いつか多少なりともリッチになったら、日吉館から奈良ホテルに進出するぞ、堀辰雄が一連の妻への手紙を書いた、あの奈良ホテルに、いつか必ず泊まってみせるぞと空きっ腹を抱えながら、羨望の眼差《まなざし》で、威容を誇る奈良ホテルをぐっと睨みつけたものである。

どうもいまだに、奈良というと奈良ホテルにこだわりがあるのは、残りご飯のおむすびと水の昼食や、『実力でお入り下さい』風呂の鮮烈な日吉館体験が、ベースになっているような気がしてならない。

好きな宿だのお気に入りだのという次元を超えた感覚で、たとえば立身出世した元使用人が、主家の令嬢と結婚する時のような、どうも上品とはいいがたい感動が、奈良ホテルに足を踏み入れるたび、私を襲うのである。

それはさておき、今回の旅行は前記の計画旅行とは異なり、ふいに思い立ったという点で、いつものパターンであった。

思いつきだけで始まる女のひとり旅とは、いかなる手順を踏むのか。

まず荷造りをして、綺麗にお化粧するところから始まる。

余談ながら、最近は外出するとき、必ずお化粧するようになった。

昔、学生の頃、化粧してディスコに行き、踊り狂っていると、

「おばさん、若いね。まだ二十代だろ」

と、よく声をかけられた。

素っぴんは童顔なのに、髪をおだんごに結って化粧すると、どうしてかグッと老け込むのである。

内心は穏やかならぬものがあっても、そこはジョークで、

「まだ、二十七よ」

と受けると、本気にされて、

「そうは見えないよ。二十五で通じるよ」

と心のこもった相槌を打たれて、首を締めてやろうかと思ったこともある。

だがしかし、それも昔のことで、最近はお化粧すると、若く見えるようになった。

化粧して老けて見える時は、すべての面で本当に若く、化粧して若く見えるようになると、いよいよ女の桶狭間《おけはざま》なのかもしれない。

そういうわけで、私は最近、よくお化粧をする。自分で言うのもナンだけれど、少し若返る。それが素直に、嬉しい。

さて、化粧して後、おもむろに窓を開けて、空を見る。

雨もよいの空なので、これは南に行けという啓示かもしれないと、東海道新幹線に乗ることに決めて、東京駅に行った。

いっそ博多まで行っちゃおか、それとも途中で降りようかと迷い、そういう時は、とりあえず奈良へ行くことに決める。

京都駅までの切符を押さえる一方、近くの旅行代理店で、あの奈良ホテルに予約を入れてもらう。

ひとり旅の場合、行き慣れた土地では、宿に贅沢をした方がよい。

今さら観光に飛び回るわけでもなく、気に入りの場所を逍遥《しょうよう》して楽しむので、どうしても宿にいる時間が多くなるからである。

そうしてまた、女のひとり旅で困るのは、一にも二にも宿泊先である。飛び入りの女客を、ホテルや旅館はひどく嫌う。

自殺か、さもなければ夜に仲良しの男友達を引っ張り込むと頭から決めてかかっているかのような応対ぶりが、実に多い。

もっと凄いのは、夜、それなりの商売に使うのではないかという目で見られることで、そういう女性はさんざんルームサービスを取って飲み食いし、あげくに宿泊費もろとも踏み倒して、トンズラするらしい。

かつて、かなり名の通ったホテルで宿泊費全額の前払いを要求されたのみならず、ルームサービスは一切取らないでくれと高飛車に言われ、呆然としたことがある。理由を問いただして事情がわかり、二度びっくりした。

これは案外、男の人も知らない、女であるがゆえの微妙な障害で、私はフェミニストというわけでもないのだけれど、この世はまだまだ女には住みにくい世の中だと、低い次元でヘンに実感している。

女の時代だのなんだのとおだてられたところで、女ひとりがホテルの予約も満足に取れない現実では、とても単純に、女バンザイと浮かれてもいられない。

しかしまあ、ここで社会的な怒りにかられていては、それこそ旅もままならないので、カシコイ私はあれこれと手を打つ。

直《じか》にホテルに予約を入れてもいいところを、あえて代理店に手数料を払って予約してもらうのは、フロント側とのよけいな摩擦を避け、宿泊費を前払いすることで一種の身分保証を得るためである。女のひとり旅というのは、こういう細かなポイントを押さえるかどうかで、成否が決まる。なかなかに、大変なのである。

さて、新幹線の車中のヒトとなって三時間あまりで、京都に着いた。どしゃ降りになっていた。雨の京都である。風情がある。

ふと、一、二時間ばかり京都で時間を取って、雨で水量の増しているに違いない宇治川を見に行こうかと思いつく。宇治平等院鳳凰《ほうおう》堂の雲中供養菩薩は、好きなもののひとつである。

この雨の中、宇治に行くべきか否か、かなり本気で迷った。旅先の気まぐれは、できる限り実行したほうがよい。

つい二年ほど前、やはり奈良旅行の帰途に京都に立ち寄り、気まぐれに『夜の祇園・島原コース』五千百円也の観光バスに乗ったことがあった。

初心者にとっても、旅慣れた者にとっても、定期観光バスはあなどるべきものではなく、観光バスに乗る以上、万難を排しても、左側の最前席に座るべきである。

フロントガラス越しに前方の景色がよく見え、閉塞感がなく、団体観光しているというセセコマシサも払拭《ふっしょく》できる。

その『夜の祇園・島原コース』は、祇園会館で舞妓の京舞を見て、島原角屋《すみや》で太夫《たゆう》道中を見る他愛ないものだったが、問題は舞妓の京舞であった。

ふたりの舞妓が、祇園小唄をさらっと踊ってみせたのだが、そのうちのひとりが妙に人目を惹くのである。

女優の熊谷真実によく似た、ぷっくりとした顔立ちの彼女は、しなの決まった舞いぶりで、奇妙な色香もあり、うむ、できる、などと何もわからないまま唸ったのだったが、ひとさし舞ったところで、舞妓さんのご紹介があった。

その時、ガイドさんが口にした名前が、かの佳つ乃であったのである。

その時はよもや、一年後に全国的に艶名を馳せるとは思わないながらも、その水際立った舞妓姿に深く感銘を受けて、帰りのバスの中で、ガイドさんが、

「みなさまァ、あの舞妓さんの名前、覚えてはりますかァ」

と言った時、私は臆《おく》せず、きっぱりと、

「佳つ乃！」

と記憶力のよいところを見せ、なかんずく、

「いくつに見えますかァ」

の質問にも、あの色香からいって襟替《えりかえ》寸前の二十歳前後と睨んで、

「二十歳！」

と叫び、ガイドさんから、

「よう見てはりましたなァ」

と感心されたのであった。

ことほどさように、旅の途中の気まぐれは、それなりの収穫もあるのである。話のタネにする以外、ほとんど役にも立たない収穫ではあるけれど。

今回も、雨の宇治川のほとりを歩いていれば、『暴れん坊将軍』の撮影がひと休みして、ふらりと散歩に出た松平健に会わないとも限らないぞと、胸をときめかせた。

がしかし、大スターがどしゃぶりの中を散歩するはずもないと思いとどまり、近鉄奈良線の特急に乗り換え、おとなしく奈良に向かった。

奈良駅で降り、東向通りの商店街のアーケードで雨を避けながら、書店を捜した。交通公社のガイドブックを買うためである。

目についた書店で、交通公社の新日本ガイドシリーズ、九州篇と山陽篇を買う。

ついでに目についた靴屋で、安い折りたたみ傘を買い、傘をさして奈良ホテルに向かった。

夕食後、二年前の奈良国体にあわせて完成した新館のバーで、安いピースポーターを飲

みながら、ガイドブックを読み比べて、どこに行くかを本格的に決める。

雨の宇治川の恨みではないが、『暴れん坊将軍』で、さも江戸城のごとく映し出される姫路城を、ひとつこの目で見ておこうと決める。姫路城を見るだけでは時間がもったいないので、書写山円教寺にも行こうと思う。

書写山という字を見ているうちに、三木露風の詩集を思い出し、書写山の連作詩があったような気がする……と怪し気な記憶を辿《たど》っているうちに、ワインが急速に回ってきたので、部屋に急いで戻り、ベッドに入ったとたん眠りこけて、気がついたら朝の七時だった。

急いで身づくろいして茶粥《ちゃがゆ》定食の朝食をとり、八時にはホテルを出て、九時過ぎには京都駅に舞い戻った。

折よく、待ち時間ほとんどなしに新幹線の切符を押さえて、姫路で降りる。

そこでどうするかというと、女ひとり旅の難関、宿泊先をまず決めねばならない。

駅構内にある市の観光案内所に直行し、予算を言って、適当なところに紹介の電話を入れてもらう。

初めての土地の場合、一日かけてあちこち飛び回り、くたくたになって戻って眠るだけなので、宿は安くてもかまわない。残った予算をすべて、土地の料理に回せるというものである。

瀬戸内の魚も旨《うま》かろう、貝も旨かろうというわけで、宿は駅近くのビジネスホテルに決まった。ちなみに、税・サービス込みで五千九百八十円也。

城を先に見るか、書写山にするかで迷うが、山は陽が落ちるのも早いから、姫路城は後回しにして、書写山に向かうことにする。

市営バスに飛び乗りながらも、油断なく、沿道の店に目を走らせる。おいしいお店の匂いを、嗅ぎ当てるためである。

書写山へはロープウェイで山中に至り、そこから一キロあまりも、てってこてってこ登り続けて、三木露風の連作詩に思いを致すどころの騒ぎではなかった。

よくもまあ、こんな山の中にお寺を開いたもんだと、昔の聖《ひじり》に頭の下がる思いがする。

ようやく本堂に辿りつき、数珠《じゅず》ブレスレットを三百円也で買い求め、ふむふむと満足して合掌し、下山した。

再び市バスに乗って市内に戻ったものの、すぐに姫路城の天守閣に登楼するのも味気ないので、お隣の赤煉瓦《アカレンガ》の美術館に行く。

折よく現代の日本画展をやっていて、出入りする人も気楽に絵を眺めていて、ぶらない開放的な雰囲気に感動しつつ、よい気分で宿に向かう。

ごく普通のビジネスホテルで、食堂もありふれたものなので、ひと風呂浴びてさっぱりしてから、きちんと化粧し直して、目をつけておいた市中の炭焼き赤ちょうちんに行く。

備長《びんちょう》炭使用とかで、かれいの塩焼き、焼きとり、赤目《あかめ》やたこのお刺身を食べまくる。

特に、たこは心中期するものがあったのだけれど、聞きしに勝る美味で三人前、平らげる。

地酒を二合、熱燗《あつかん》してもらって、備長炭で焼いた備前米の焼きオニギリを頬張りながら、おもむろにガイドブックを開く。

明日は倉敷に行って、噂のアイビースクエアに泊まり、大原美術館でエル・グレコの受胎告知を見ようか、博多まで行って明太子スパゲッチを食べ、長崎に泊まって長崎ちゃんぽんを食べようか、心を決しかねて、太るぞ太るぞと思いつつ、さらに熱燗を一本追加してもらう。ほろ酔いになる。

目的も何もあったものではない、無駄のかたまりのごとき女のひとり旅は、かくのごとく続くのである。

私の取材旅行

もうすぐ、九月である。

九月から十月にかけて、いつもうずうずする。

毎年一回、奈良や京都を回ることにしていて（京都はつけ足しで、平安博物館で実物大の清涼殿・弘徽殿上御局《こきでんのうえのみつぼね》を見るためだけである）、それがだいたい九月か十月なのだ。なにも、九月か十月に限定する理由もないのだけれど、数年前、初めて奈良を訪れた時の印象がすばらしかったので、毎年、同じ時期に訪れることで、その印象がどう変化するかを試してみたい気持ちがある。

それに正倉院御物《ぎょぶつ》の一般公開は十月頃で、これにぶつかれるという楽しみもある。さらに、各寺の秘宝が春秋に開扉されることが多く、それも九月から十月にかけてなので、楽しみが増える。

まったく楽しみずくめの秋の奈良取材旅行のはずなのだが、今年に限っては腰が重い。どうにも、気がすすまない。

そもそも取材旅行と銘打ってはいるけれど、とりたてて何かを調べよう、これをはっきりさせたいという目的は、あえて持たないようにしている旅行である。

これを調べようと意気込めば、これ以外のものを取りこぼすことになる。それよりは気持ちを全開させて、空の青、空気の匂いといったものを肌で感じて、目に映るものすべてに「おおっ」と感動するのがいい――という考えだった。

だから、ひと通りの観光コースを観たあとは、どこに行くにも徒歩が基本で、一日二十キロを歩くこともあった。

今どきのガイドブックには、山の辺の道はバスを利用しても二日が必要などと書いてあるけれど、私は海石榴市《つばいち》跡から天理市に向けて、せっせこせっせこと半日で踏破し、さらに北上して高円山《たかまどやま》の見える白毫寺《びゃくごうじ》まで辿りつくといったこともやった。

道がかなり整備されている今でさえ、歩くとこれだけ疲れるのだから、昔々の人はさぞやというようなことを身に感じるだけで今はいいのだという、なんとも気楽な取材旅行なのである。

ところが、このお気楽さが祟《たた》ったらしくて、一昨年と昨年の二回、続けてえらい目にあってしまった。

一昨年の秋、当麻寺《たいまでら》に行った時のことである。

当麻には、当麻蹶速《たいまのけはや》にまつわる話がある。

『日本書紀』によれば蹶速は力自慢で、性質も驕慢であったため、垂仁天皇はこれをうとんじて、出雲の野見宿禰《のみのすくね》を呼び寄せて、力を競わせた。これが相撲の元祖とされていて、たぶん相撲会の起源を説明したつくり話だろうとされているのだが、むつかしいことはさておいても、垂仁天皇にまつわる話は何であれ嬉しい。

私が『古事記』の中で最も好きな沙本毘古《さほびこ》の叛乱は、垂仁天皇の巻にあるのだが、沙本毘古が妹の沙本媛《さほびめ》とともに叛乱を起こし、城に立てこもった時、天皇は力自慢で足の速い者を選び、沙本媛を掠《かす》め取ってくるよう命じる。

その時の力自慢の者が一説によると蹶速ではないかとされていて、それだけで私には、当麻がとっておきの土地になってしまうのである。

さらに当麻寺といえば、かの中将姫の伝説があり、私にとっては折口信夫《しのぶ》の『死者の書』につながるロマンの宝庫なのだ。

それやこれやで、前夜は当麻ＹＨに泊まり、『古事記』や『死者の書』を再読し、心はすでに古代に飛んで、準備万端整えた。

翌日、蹶速の碑に手を合わせ、当麻寺を散策し、大津皇子の眠る二上山《ふたかみやま》踏破へと歩を進めた。

ところが。

行けども行けども、登れども登れども、目じるしになる祐泉寺がない。

木々は繁茂し、行く手は薄暗く、何やら鳥の羽ばたきが聞こえてくる。なまじ前夜、古代人の息吹きもそのまま、呪術的な気配さえする『死者の書』を読み耽《ふけ》ったものだから、今、踏みしめている土までが霊気をもって、むくむくと動き出しそうに思えてくる。

引き返そうにも、恐怖心のあまり方向感覚を失っていて、今来た道が石光寺に続いているかどうか確信がもてない。

進むも困難、戻るも不安で、私はその場にしゃがみ込んでしまった。

ガイドブックによれば三時間だという山登りハイキングコースで、よもや遭難するとは自分のことながら信じられず、飲み水すら持たない身でどうしたらいいのか、呆然とするばかりだった。

また、そういう時に限って、当麻は通常の観光コースからはずれているので、訪れる人も少ないのだとか、そういえば当麻ＹＨはやたら大きいわりに泊まりの客は十人もいなかったとか、ろくでもないことばかり考える。

当麻寺を散策した時も、境内には数人の観光客しかいなかった。今となっては大津皇子にロマンを感じる歴史ミーハーの女の子だけが頼みの綱だと、私は泣きながら合掌していた。

ところが、大津皇子にロマンを感じて二上山を登ってくる女の子というのは、けっこういるように思えるのに、実はまったくいないのである。私のような実践派ミーハーも今は少ないのだと、しみじみ思い知らされた。

結局、数時間ほど座り込んでいるうちに、男の子ふたり組が登って来た。

まさか、二上山のハイキングコースで遭難しているとは思わないから、彼らは黙礼して通り過ぎて行く。

私も、こんなところで道に迷ったから助けてと言うには、プライドというものがある。それでどうしたかというと、私はさも休憩してましたという顔で立ち上がり、あなた達の跡を追うんじゃありませんよ、偶然、同じコースを歩いてるんですからねという風情で、内心では彼らを見失うまいと必死の思いで、跡を追っかけ続けて頂上に至ったのである。

無事に戻ってみれば、遭難遭難と騒ぐほうがおかしいのだが、あの時の心臓が縮む思いはちょっと忘れられない。

忘れられないはずだったのに、月日というのは恐しいもので、昨年の奈良旅行で、またやってしまったのである。

奈良も南、吉野を背に多武峰《とうのみね》がある。

多武峰・談山《だんざん》神社といえば、時代は下って大化改新前夜、中臣鎌足と中大兄皇子がこの辺《あた》りで蘇我氏討滅の相談をしたということになっている。

当時の飛鳥《あすか》の宮は眼下にあり、地図で見る限り、いかにもありそうなことに思える。

そこで、談山神社から一気に飛鳥に下るコースを歩いてみようと思い立ったのである。

人目を忍んで多武峰に登り、かたらって、さらに飛鳥の宮に戻る鎌足らの苦労（かどうかは知らないが）を、この身で体験するのも悪くはない。

ガイドブックによれば、石舞台最短コースを示す道標があり、石舞台まで一時間半。下り一方の楽な道（！）ということだった。

私は道標の導くまま、歩きに歩いて、T字型の分かれ道に出た。

道は左右二手に分かれていて、目の前には鬱蒼《うっそう》とした山というか、雑木林がある。

当然、右か左の道を行くのだろうと思いきや、道標はまっすぐ雑木林を指しているのだった。

〈この雑木林を踏み分けて行けというのか！〉

嫌な予感が、しないでもなかった。

実に、目の前の雑木林はいかにも雑木林で、木ばかりで、道などありそうにもなかった。けもの道のような筋がないこともないけれど、人間さまが歩く道ではない。

それに、その時の私は飛鳥に下りた後、国立飛鳥資料館を覗《のぞ》くつもりで、しかも学芸員の方にいろいろ伺う心づもりであったので、いい印象をもたれようとばかり、清楚な白いブラウスにダークブラウンのジャンパースカート、靴は同色で、ローヒールではあるものの華奢《きゃしゃ》なパンプスといった格好だった。

あの時、引き返せばよかったのだが、なにしろ一年に一回の取材旅行のこと、本を読んでわかることならいざしらず、歩くことで距離や地形を知るというのは、なかなかできない。

この機を逃せば、来年まで待たなきゃならないと思うと、迷いは吹き飛び、私はえいやっとばかり、雑木林に踏み込んだ。

最初は、まだよかった。けもの道であれ何であれ、筋がついており、これも道といえないことはなかった。

ところが進むうちに、ものすごい急斜面になってきて、そこいらの木の枝に摑まらないことには、一歩も歩けなくなってくる。

両側とも木ばかりで、空はというと、木の枝がさし交わしていて、うっすらとしか光が差し込んでこない。

そのうちに、いよいよ筋らしきものもなくなり、水の干上がった滝の跡のようなものが、とぎれとぎれにあるばかりになってきた。

そうかと思うと、目の前に大木が倒れていて、向こうに行くにも、大木をよじ登らなければならない。

これは道標を悪戯《いたずら》されたらしいなと思う頃には、戻るに戻れない状態だった。

急斜面を滑り落ちないよう、よつんばいになりながら下りてきたのだから、戻るとなると、その急斜面をよじ登らなければならない。しかし、ロープもなければ足場もないのだから、どうにもならないのである。

前年の二上山途上の遭難とはわけが違って、この時ばかりは、いよいよ遭難だと覚悟を決めた。

ろくな道もなく、ここ最近、人が歩いた形跡もない以上、二上山の時のように、誰かが来るのを期待することはできない。

一人旅で来ているから、私の安否を気遣って救助隊を要請する人もいない。ホテルの人も、よもや多武峰くんだりで遭難しているとは思わないから、警察に連絡するはずがない。連絡するとすれば、二、三日たってもホテルに戻らない時である。

誰も当てにはできないと思うと、呑気に座り込んでもいられず、必死に考えた。

いくら道標を悪戯されているにしろ、この急斜面からみて、確実に下に向かっているのは間違いない。

下りた先が飛鳥だろうが宇陀《うだ》だろうが、ともかく、どこかに下りてしまえば、あとはどうにでもなる。平地に出れば、民家もある。

私はただもう、一心不乱に下へ下へと念じつつ、歩いて行った。

疲労からか恐怖心からか、視界の端を何かが横切ったような幻覚を何度も見て、そのたびに息を飲んだ。

サルかもしれない、野生動物は交尾期に攻撃的になるというけど、サルはいつが交尾期なんだろう、いやいや猪かもしれない、まさか奈良公園の鹿がこんなところまで出張って て、野生化して人間を襲うってこたないだろうな――などなどと、無知であるがゆえの妄想はとめどがなく、胃が飛び出してきそうだった。

よせばいいのに、こういう時に限って想像力が働き、この辺に私と同じように道に迷って、無念の白骨化した死体があるのではとか、突然変異種の野生動物が出て来たらどうしようなどということも考える。

いよいよとなったら、山火事を起こして助けてもらおうとまで考えたものの、助けられた後の賠償問題にまで思いが及んで、目の前がまっ暗になる。

髪はざんばらになり、靴ズレがひどくなり、喉は渇くし、今回も水一滴の用意もないし、チョコレートひとかけもない。

ほとんど絶望的――と思った、その時だった。

倒れた木の下に、なにか見覚えのあるものがある。

木の枝を払って拾いあげると、それは明治製菓のチェルシーの包み紙だった。ヨーグルト味のキャンディを包む、銀にグリーンの花模様の紙である。

見渡す限りの木、土、また木という自然の中で、その人工的な包み紙は目に沁みるほど嬉しかった。人間の存在を感じさせるに充分なものだったのである。

いくらなんでも、山里の方から包み紙が風にあおられて、ここまで飛んで来たとは思えない。

チェルシーというキャンディを口にする人間が、一度はここを通ったのだ。ものがものだから、若い人間だろう。とすると、ここはやはりハイキングコースなのかもしれない。たった包み紙一枚で、そこまで一気に楽天的になれるのも才能だが、ワラにもすがる思いで、私は急斜面を歩き続けた。というより、滑りつ転びつ、下りて行った。すると、驚くなかれ、ふいに眼前が開けたと思う間もなく、国道のようなところにひょいと出たのである。

車道沿いには川が流れ、あとで地図で確認すると、それは飛鳥川に合流する冬野川であるらしかった。

しかし、つい今の今まで遭難の恐怖に怯《おび》えていたというのに、眼の前の木を払いのけたら車道だったというのが信じられず、私はしばし立ちつくした。

となると、やはり私の歩いて来た道はガイドブックにある『下り一方の楽な道で、石舞台まで一時間半』コースだというのだろうか。時計を見ると、私はゆうに半日も山中をさまよっていたのである。

スリリングなハイキングコースだったのか、道に迷ったのか——実はいまだに、よくわからない。

しかし、あの時の恐怖感だけは身に沁みていて、今年は奈良行きをためらっているのだ。自分のことながら、何をしでかすかわからない不安があって、ふんぎりがつかないのである。（二度あることは三度あるという、示唆《しさ》にとむ諺《ことわざ》もある）

しかし。

ハイキングコースなどというもののない飛鳥時代、鎌足と中大兄皇子は本当に談山で謀議して、せっせと飛鳥に戻って来たのだろうか。昔の人はタフだったよ、ほんとに。

アンケートをとりたい

最近、ごく私的にアンケートをとりたいなあと思うことがある。

なにも人生の深淵をかいま見るような難しいことを訊《き》きたいのではない。ほんとうに他愛ないことなのだけれど、気になって仕方のないことが細々とあるのだ。

ついこの間まで、私は素敵な小説を読むと、読後の印象に残っているシーンや会話をアトランダムに組み立てて、即興でひとり芝居をやって楽しんでいた。

おもしろい小説は必ず、ある瞬間から、不思議に情景が見えてくる。話している人間の表情や声の調子までがわかってくる、ような気がする。あくまで〝気がする〟だけですが。

そうなると、もう、うずうずしてくる。演《や》りたくて、たまらないのである。

どうせ観客はいないのだから、恥ずかしいこともないと割りきって、自分の部屋で、演出家兼名優になって、あれこれとセリフをしゃべったり、顔をシリアスにしたりコメディにしたりする。ほとんど独擅《どくせん》場である。

今までで、再演につぐ再演だったのは、サリンジャーの『コネティカットのひょこひょこおじさん』で、これは女ふたりと女の子という、重要人物三人の室内劇のごときものだから、一回ステージを経験するごとに練りあげられてゆき、なんとも感動的な仕上がりだった（と思っている）。

ところが、最近気づいたのだけれど、本を読んで、読後の興奮そのままにひとり芝居になだれ込むのは、どうやら一般的ではないらしいのである。信頼できる筋の女友達が、「普通じゃない」ときっぱり断言した。

最初は、女特有の同性間の対抗意識というか、「またまた。ヒトを変人扱いして、自分の良識人ぶりをひけらかそうって魂胆だな。ふふん、その手は桑名《くわな》の焼きはまぐり」と思っていたのだけれど、私の女友達はおおむね気っぷのよさが売り物で、そういう姑息《こそく》な真似はしない。そこのあたりは私も信頼していて、だから〝信頼できる筋〟なのである。

となると、本当に世の人々は、おもしろい本を読んだときに、ついつい主人公になりきってお芝居する、ということはないのだろうか。

もちろん、すべての人が演《や》ってるとは思わないけれど、でも、かくれ名優というのもいるのではないか。

友人に「それはおかしい」と断言されて以来、芝居する癖についてはなるべく他言しないようにしてきたのだけれど、それをこうして書いているのは、いや、絶対、広い世の中には同志がいるはずだと信じたいからである。

本を読んだ後にひとり芝居して、感動を二倍味わう方、ほんとにいませんか。

世の中には個性的という魅力的な言葉があって、他人と少しでも違うところがあったり、普通ではないところがあったりすると、それが即ち個性だと誤解する時期がある。

けれどさすがにチエがついてくると、そんなものは個性でも何でもなく、単にアクやクセだったり、極端な話、ただ非常識なだけだというのがわかってもくる。

なにも人と変わったことをやったからといって、それだけで偉いってもんでもないだろう、人間、基本も大切だということが、マジメに納得できてくるのである。

であるから、最近の私はとてもマジメになっていて、自分にヒトと違うところがあったり普通じゃないところがあると、もしかして知らず知らずのうちに非常識なことを他にもしているのじゃないかと不安になってくるのだ。

どうもなにやら卑屈な話で申し訳ないけれど、ほんとに不安なのである。

世間の人々は、本当に、ひとり芝居をやらないのだろうか。これは、おかしい、普通じゃないことなのか。

時々、ふいにそれが気になって、アンケートをとってみたい、絶対にいるはずなんだからと力強く思ったりする。それくらい、本を読んだ後のひとり芝居は、私には日常茶飯だったのである。

ついでに言ってしまうと、戯曲を読むとき、朗読して、ト書の通りに動作をするのは普通ではないのだろうか。

戯曲と台本の違いは、戯曲はそれ自体、読む作品として独立しているものであると中学の国語の授業で習ったけれど、それにしてもやはり、黙読よりは音読のほうがよろしく、セットを思い浮かべて動いたほうがいいのではないかと、私は勝手に思っているのだけど。

世の人々は、戯曲を読む時、そういうことをなさらないのか。どういう読み方をしているのだろう。知りたくてたまらない。アンケートをとってみたい。

この、みんな一緒なら恐くない式の日本人的発想をなんとかしなければ、私は人間としての飛躍を到底望めないのではないか、と自らを叱咤《しった》してみるのだけれど、根が小心なのか、どうもよろしくない。

実は今、一番アンケートをとりたい案件がある。特に、二十代後半の未婚女性にアンケートしてみたい。

十代や二十代前半の頃、たとえばフィリップ・マーロウのごときヒーローにいかれて、燃えていた。

一度燃えるとしつこいのが性格だから、ふと思いつくたびに読み返し、読み返してはボーッとなっていた。

ところがここ二、三年、どうも燃えないのである。読み直す回数もめっきり減ってしまい、暇ができたので本棚を覗いてみても、あまり食指を動かされない。

好みが変わったといってしまえばそれまでだけれど、それにしても、どうしてここに至って、好みが変わったのかとつらつら考えてみて、はた、と思い当たることがあった。

本を読みながらも、私はいつの間にか心の中で、「しっかし、カッコイイっちゃカッコイイけど、こういう男の人と一緒に生活するのって、しんどいだろうなあ。はっきりいって、ダンナにしたくないタイプ」などと呟いているのである。なんとも情けない話で、こんなことをあからさまに言うと、こちらの教養度を疑われそうで、せつない。せつないけれど、これが真実なのである。

さらに、私は気がついた。

最近、どうも男性が主役の作品を読んでいても、おもしろいか否かの価値基準とは別に、「なんか、この男って好みのタイプと違う。そばにいると疲れるだろうな。駄目だわ、ダンナにしたくないタイプ」などとぼんやり考えていて、その判断が読後の印象をかなり左右しているようなのである。

昔は決して、こうではなかった。

小説の中に出てくるヒーローを、好きだ嫌いだと勝手に思うにしても、間違っても「一緒に生活する」とか「ダンナにしたいタイプ」といった現実的な規準は、およそ念頭になかった。

それが、ここ二、三年のうちに、いつのまにか一緒に生活するだのダンナだのと、えらく卑近な例で、知らず知らずのうちに考えてしまっている。

これは私が、いわゆる未婚の女性としても正念場の、二十代最後の土壇場にいるせいなのだろうか。

自分で言うのも妙な話だけれど、女というのは二十五歳から七、八歳にかけて、人生観や男性観が、音をたててといった表現がぴったりなほど激変してしまう。経験的に言っても、戦友の幾人かを見ていても、これは確かである。

それに呼応するがごとき、男小説の読み方の変化は、どこまでも個人的なものなのか。それとも、二十代後半の未婚女性は、多かれ少なかれ、そういう心理変化を強く意識しないまま経験しているのか。

是非とも、そこのあたりが知りたい。嗚呼《ああ》、アンケートをとりたい。

説教ばあさんになる日

友人に、マンガ家がいる。

彼女とは、それぞれの分野で仕事をし始めた時からのつき合いで、十年近い仲である。一時は私がマンガの原作を書き、彼女が作画をうけもつという、仕事上のパートナーでもあった。

お互いに我の強い性格で、また、そうでなくては二十代前半の女ひとり、百戦錬磨のオジサン編集者と対抗することなどできなかったのであるが、そういう一番鼻息の荒かった時期に、角突き合わせて仕事上のパートナーを組むというのは、なんとも凄まじいものであった。

「どうしても、こんなセリフなんか、あたし、登場人物に言わせられない。冷たいのよ、このセリフは。必然性はわかるけど、人間としてどうかと思うんだ。こういうセリフを言うの。こんなことを言う人、嫌いだ」

「嫌いな人間が描けなきゃ、進歩しないでしょう。だから、あなたの描くキャラクターって、どっかマンガなんだ。絵に描いた坊ちゃん嬢ちゃんでさ」

「マンガ家だから、マンガ描いていいじゃないの。小説家とは、ものの捉《とら》え方が違うんだから」

といった調子で、三年半の週刊誌連載が終わったときは、よい仕事をしたという感傷や満足感なんか微塵《みじん》もなく、お互いの第一声は、

「よくぞ、あれだけ喧嘩して、友情が壊れなかったねえ」

であった。

ヤバいと思った危機が五回あった、いや、実はあたしは六回あったと告白し合い、ははははと笑って、互いに顔を見合わせて沈黙したりした。

そういう経緯があるので、女の子の友達同士というよりは、色気もなにもない戦友という感じで、お互いの仕事がバラバラになった今は、お酒を呑みながら愚痴を言い合い、怪気炎をあげる鉄火芸者か飯場の飯炊きねえちゃんかといったつき合いである。

それはともかく、その彼女が、つい先日、締め切りをクリアした勢いで遊びに来た。

あれこれと互いの近況を言い合い、あれやこれやとよもやま話をしていたが、そのうち、しみじみと、

「あたしも年とったと思ったよ」

と言う。

彼女とおない年の私は、ここ最近、〈いよいよ三十路で女の夏だ〉と女三十歳に向けての期待で胸を膨《ふく》らませている最中でもあり、彼女の発言は聞き捨てならなかった。

「おない年のひとに、そういうこと言われると、なんか、こっちまで年とった気になるんだけど。三十で年とったもないんじゃない？　女はこれからですよ。あはは」

「だってさ」

彼女はしぶしぶ話し出した。

ことのおこりは、アシスタントであるという。

マンガ家は、たいていの場合、アシスタントと呼ばれる若い子を何人か使う。

年若い少女マンガ家がアシスタントを使うことに、世間の人は「いい気なもんだ」と思うかもしれないが、それはマンガの原稿ができるプロセスを知らないからである。

詳しく説明する紙面はないけれど、連載を持っているマンガ家がアシスタントを必要とするのは、時間との戦いである今の印刷や製本事情では、当然のことである。

そして、アシスタントの仕事というのは、実にハードなものであり、好きでなければできない仕事内容でもあり、結果的に、マンガ家志望の若い女の子が大半を占める。

友人の欲目かもしれないが、彼女は姉御肌で後輩の面倒見もよく、そのせいかアシスタントの居つきはよくて、最低二年は仕事場にいる。これは、かなり長い。

アシスタントを辞める時は、そのコがデビューする時か、プロになるのを諦めて結婚準備に入るため、というパターンが多い。

現在の仕事場のアシスタントは代替わりとしては三代目で、チーフアシが二十五歳、アシ見習いが今春高校を卒業した十九歳という布陣である。あとは、だいたい二十一、二歳の女の子たちである。

そういう若い子たちが仕事場にいるせいか、世代の違いや、時代の違いは、生活レベルのディテールで感じていたと彼女は言う。

たとえば、ひと昔前のマンガ家志望のコは、マンガ一筋のコであり、ファッションも流行も、仕事の延長で興味は持っているものの、それ以上ではなかった。

ところが、最近のアシスタント勢は実にファッションにも敏感で、最新の原宿ファッションで、ビバユーだのなんだのをしっかり着こなして、髪もリボンだクリップだで飾りたてて仕事場入りするという。

三日ほどの徹夜仕事の間は、しぶしぶ仕事着ともいえるボロ服に着替えているが、帰る時はまた、しっかり鏡の前でニラメッコして身だしなみを整えて、お帰りになるという。

しかし、人柄はいいから、これも時代だと納得して、べつにどうということもなかった。

ところが、今回の仕事場で、どういう経緯か学校時代のお小遣いが話題にのぼり、愕然としたという。

今年二十歳になるコが、高校時代は月一万円のお小遣いを貰っていたというのである。

「高校生が、月一万！」

さしもの私もやっぱり愕然として、すぐには二の句がつげなかった。

「家のなかで手伝いするとか、特別なことしてたわけ？　たとえば両親が共稼ぎで、家のなかのことを一手に引き受けてたとか」

彼女はぶんぶんと首をふり、家のなかの仕事どころか、株の配当や年金などで裕福な祖父母と一緒に暮らしており、友達と原宿へ遊びにいくたびに、月一万のお小遣いとは別に、祖父母から二千円、三千円と貰っていたらしいという。

「そんな馬鹿な。あたしの高校時代というと十数年前だけど、月千円だったわよ」

「氷室さんとこはまた、かなりシビアなのよ。それに本屋のツケは、ツケ放題だったんでしょ。でも、あたしは本代も文房具代もコミで三千円で、いろいろ聞いてみたけど、これが普通のセンよ。あたし、美術部に入ってたから、三千円でカンバスとか買ってたし」

「十数年で、貨幣価値ってそんなに変わるもん？　三千円から一万円！」

「それでもう、アタマきちゃって、あたしが小学生の頃は、友達の家に遊びに行くと、その小母さんが袋張りの内職してて、それが別段、貧しいという感じはしなかったと言っちゃったわけよ。ねえ、内職って、あの頃の母親はみんな、やってたよねえ」

「やってた。ウチの母親なんか、あたしが大学生の時だって、近所のモチ工場でパートやってたもん。内職からパートに変わっただけで、どこの母親も働いてた。あたしが大学時代の四年間で、喫茶店に入った回数が勘定できるのは、コーヒー一杯ぶんの値段と、母親の時給がおんなじで、娘の心情として、母親が一時間働いて貰う給料を、コーヒーふぜいで遣ってたまるかと思ってたからだし。四年間で見た映画が、『寅さん』と百恵の『ふりむけば愛』の二本だよ」

「そうだよねえ。それがさ。今描いてるマンガの中で、十七年前の一カットがあって、それでアレコレ話してるうちに、テレビの話になって、ウチはあたしが小学二年くらいになるまでテレビがなかったと言ったら、『エーッ』とかいうわけ。それ、カラーですかとか言われて、カーッとなっちゃってさ。東京オリンピックが確か三十九年で、あの頃よねえ、どこのウチにいってもテレビがいき渡ってたのって。そんなに昔じゃないよね」

「当たり前よ。そりゃ、はっきりいって、ウチは早かった。なんたって、あたしが保育園にいたころ、テレビでゴジラやってて、その最終回が確か土曜日の一時かそこらで、どうしても見たかったもんだから、当時、小学生だった姉が『今日は親戚の家にいくので、妹を迎えにきました』とかいって早引けの手伝いしてくれて、ふたりでゴジラ見たし。近所じゅうのコが、ウチのテレビ、見にきてたし」

「そのころ、あたしはまだ新潟にいて、友達と遊んでると、窓からヨソの家の居間がみえて、テレビがあったわけよ。で、『ここんち、テレビある』とかいって、窓にはりついて、羨ましそうにテレビ眺めてたんだから。どうも、あたしと氷室さんちって、生活レベルが似てんのかな」

「今でいう中流の下くらいかな。でも、そんなに貧乏じゃなかったよ。だいたい、今の庶民生活が向上したのは、昭和四十年代に入ってからの高度成長期で、その前は、けっこうつましい生活だったんだから。そういう記憶が、かすかにある」

「それがないのよ、今の若いコって。たった四、五歳の違いで、その〈つましい〉記憶がないもんだから、あたしらと断絶してんのよー。氷室さんは新人類って言葉は嫌いだっていうけど、あたしなんか仕事場で、しみじみ実感しちゃってさ。日本が滅びるのは、こいつらのせいだとか思って、気がつくと、説教してるのよ。あたしの子供の頃はねえって。若いコに、自分の子供の頃の話をするって、これ、年とったせいだと思わない？」

友人は悲痛な表情で訴えた。

むむむ、と私は唸った。実は、〈年若い子に説教をたれる〉という点では、われながら身に覚えがあるのである。

友人が遊びに来る二、三日前、仕事と取材で北海道に行った。たまたま齢《よわい》六十をすぎた両親が、ささいなことから喧嘩をしており、同居の姉夫婦に深刻な打撃を与えている最中だったので、姉夫婦をねぎらい、母と父には別々に仲裁に入ることにして、とりあえず、姉夫婦と子供ふたり、それに母を誘って食事をした。

その食事の席で、例のいさかいについての話がむしかえされて、姉夫婦と母と私の四人で深刻な話し合いをしていると、子供ふたりが退屈したのか、座敷内を走りまわり、それでもすまずに廊下に出て鬼ごっこをはじめる。

　姉夫婦はいつものことと笑っていたが、叔母の私はムッとして、

「ふたりとも静かにしなさい。叔母さんが子供の頃は、大人が話をしている時は、黙っておすわりしてたもんです。静かにしてないと、外にほっぽりだすよ！」

　おりしも外では、雪が降っていたので、子供たちはしゅんとして、しぶしぶ、おすわりした。

　姉がそんな子供たちを愛しそうに眺めて、

「いいんだもんねえ、タケちゃんもお姉ちゃんも、ウチのスーパースターなんだもんね」

なーんぞと甘やかすのも片腹いたかったが、祖母たる母が、

「お姉ちゃんはピアノの発表会では、素敵なドレスを着たんだよね。叔母ちゃんもそれを見たら、あんまり可愛いから、叱らないよね」

などとフォローするに至ってカーッとアタマに血がのぼり、

「昔は、どこぞのお嬢さんでもなきゃ、ピアノなんてものは習わなかったもんよ。お姉ちゃんは恵まれてるのよ。ママとパパと、お洋服買ってくれたおばあちゃんに、ちゃんとありがとうって言うのよ」

　気がつくと、小学三年生の姪《めい》に向かって、こんこんと諭《さと》していた。

小学三年の姪と五歳の甥《おい》は、こわい叔母さんにすっかりおそれいって、食事が終わって家に帰る間じゅう、静かにしていた。

家に戻ると、札幌の友人がきており、母や姉夫婦をまじえて世間話になったが、話題が親戚の娘さんのことになった。

来年、高校受験の子で、幼稚園の頃から人目をひく可愛い子だったが、今は成績もよく、なおかつ美人なので少しわがままだという、よくある親戚内の噂話である。

しかし、それを聞いたとたん、叔母たる私は不安になり、隣室で遊んでいた姪に、

「お姉ちゃんはすごく可愛いってわけじゃないけど、優しいし、弟思いだし、性格がいいから、叔母ちゃん、好きよ。世の中にはね、美人でもなんでも、性格が悪くて、意地悪な人もいるからね。お姉ちゃんはそういう大人になっちゃ駄目よ。人間は優しくなきゃ駄目よ」

声を張り上げて、お説教した。

姪は突然、私が声を張り上げたので、また叱られるのかと思ったらしく息を詰めていたが、別に叱られたわけでもないとわかると、安心したように、

「ウン」

と頷いた。

それを見ていた友人が、

「素直というか、叔母さんが暴君というか。あんた、そのうち家庭内暴力で、まっさきに殺されるんじゃないの」

　と呆《あき》れていた。

　それを言われて初めて、そういえば姪と甥にあってから、説教ばかりしているぞと気がついて、さすがに照れ臭くなって黙り込んだ。

　そういう苦い経験があったばかりなので、若いコに説教するのは年をとった証拠だと言われると、なんとも反論できない。

「しかし、でも、あたしの場合は肉親で、姪と甥だし……叔母としては……」

「同じよ。あたしも姪ができたけど、最近の赤ちゃんの遊び用具って知ってる？　昔は天井から吊るすクルクル回るやつは、ネジで巻いたじゃない。今はねえ、赤ちゃんの泣き声に反応して回りだす、音センサー付きのクルクルなんだぞ。姪が大きくなったら、あたしなんか確実に、昔はネジで回したもんだとかなんとか言っちゃうもんね」

「それって、昔、母親が運動会かなんかでバナナとかメロンを買ってくれて、買ってくれるんなら黙ってればいいのに、昔は重病人でもなきゃメロンは食べられなかった、なんてしみじみ言い出して、こっちはすっかりドッチラケになるパターンに似てない？」

「似てるわよ。そのものよ。アシスタントも、センセの昔話にも困ったもんだって顔が、露骨でさ。でも、やっぱり月一万円のお小遣いに驚かなくなっちゃ、人間おしまいだとか思うじゃない。そんなもんでしょ、なんてものわかりのいい顔してたら、こっちの価値観なんか紙屑同然だもんさ」

月一万円のショックがいまだ醒めやらない友人は、鼻息もあらく叫んだ。

「氷室さん、相手は四、五歳、へたすると三、四歳しか違わないけど、もう生活レベルが違っちゃってるからね。こっちはクリスマスにトリの足の〝レッグ〟が食べられるのが贅沢だったって幼児体験があるのに、今の連中なんか気持ち悪い、トリがカワイソーとか言って、ステーキ食べてる世代ですよ。負けらんないわよ。あたし、説教ばあさんと言われてもいい、言うべきことは言うぞ。あたしが子供の頃、家にテレビがきた日はドラマだったんだ。それはカラーじゃなくて、普通の白黒テレビだったんだー！」

最後には絶叫するマンガ家の友人に、気がつくと私もまた、深く頷き返していた。

〈女の夏〉の三十路を前にして浮かれてばかりもいられない、腹をくくらなくちゃ、と決意したのは、年末校了も押し迫ったある日のことであった。

育児ゲーム

年も押し迫ったある日、母から手紙がきた。

手紙魔の母からは、主婦仲間の保険外交員に頼まれたという生命保険のススメやら、和服着付けの注意の新聞切り抜きやらが、月に一、二度のわりで送られてくるので、母の筆跡は、ひとめ見てわかるようになっている。

母の手紙だとばかり思って封筒の裏を返して、しんみりした。差し出し人の字はひどく汚なくて、姪の名前なのである。

現在、小学三年生の姪は、これまでに三通ほど手紙をよこしており、そういえば、宛名だけは、彼女の祖母、つまり私の母が書いていた。
と思って封をきり、便箋を取り出して読んで、またまた、しんみりした。

叔母バカのそしりを覚悟で、あえて披露すると、姪の手紙の全文は、以下のとおりだった。

さえこおばさん元気？

私は元気です。

こないだの日曜日、おいしいものを、たくさんごちそうになり、手ぶくろやブーツを買ってくれて、とてもうれしかったです。

次の日、学校にはいていったら、みんなが、「わあ、かわいい」といいました。

それから、うで時計、どうもありがとうございます！

さえこおばさん、ひまがあったら、あそびにきてください。

それではさようなら♡

さえこおばさんへ！

ノートを破った紙の上半分に、文章が書いてあり、下半分に女の子のマンガが描いてあって、フキダシがあり、「おへんじ、ちょうだいね」と書いてある。

叔母さんは感激し、ワタシの育て方は間違っていなかった！　と感動し、わが娘を実家に預けて、東京に出稼ぎに来ている若い母親の心境になって、しばし望郷の念にとらわれて涙した。

もっとも叔母さんが一番感動したのは、「私」がちゃんと漢字になっていたことで、「時計」という漢字も書けており、「ごちそうになる」という言い方がちゃんとできたという点であった。さらに言うと、「みんなが、『わあ、かわいい』といいました」という文章にも感激した。わずか九歳にして、周囲の反応が書けるというのは、なかなかのものではあるまいか。

習性というのは恐しいもので、姪の手紙を読むときも、文章を採点しているのである。「うで時計」のうちの「うで」が、小学三年生では習わないのかどうかが気になったが、一応の丁寧語が書けていることで、良しとしなければならない。句読点の打ち方も、一応の基本を守っているので、まずまずの及第点である。

先日、お仕事でお会いした四十歳くらいの男の方が、
「僕は最近、ようやく人間がわかってきました。人間には二種類しかいないんです。敬語が話せる人と、そうでない人と。そのうち、敬語は特技になりますね。履歴書の特技の欄に、こう書かれる日も遠くないです。特技、敬語と」

と真面目な顔でおっしゃり、その奇妙な説得力に感動したのだけれど、そのデンでいくと、姪はなんとかまっとうな人間になるかもしれないと、叔母は期待したりする。

文中の「うで時計」というのは、漫画雑誌の読者プレゼントで大量生産したおもちゃみたいな代物で、漫画の主人公の絵が入っており、知り合いの人にもらったのを、れいれいしく姪に送っただけのものなので、お礼を言われるとさすがに気がひけるが、そういうも

のにもちゃんとお礼を言えるというのは、わが姪ながらよろしい。

　私がここまで姪の一挙手一投足に血道をあげるのは、ほかに楽しみがないという惨めな現実にも問題があるが、姪の誕生と養育に、ひとかたならぬ関わり方をしたことに、原因がある。

　姪が生まれた当時、遠隔地の中学校で教鞭《きょうべん》をとっていた姉と、札幌でサラリーマンをしていた義兄は、いわゆる別居結婚をしていた。

　別居結婚というと、なにか穏やかならぬ気配があるが、なんのことはない、姉の勤務先が小学校と中学校の複式学級のある遠隔地であり、結婚後も教職を退くつもりはなかったので、必然的に別居ということになったのである。

　新婚旅行から帰った翌日から、姉は勤務先の遠隔地に戻り、一方の義兄は札幌の職員寮に住み、週末にわが家にやって来て、束の間の新婚気分を味わうというシステムをとることになった。

　姉は完全な長女気質で、妹の口から言うのもナンだけれど、うすぼんやりとしており、就職の際にも、この娘が一人暮らしできるのかと両親が危ぶみ、

「サエコだったら、東京だろうがどこだろうが、安心してほっぽりだせるけど、お姉さんは味噌汁ひとつ、つくったことがないし……」

と、巣立ちの日には家族が恐慌状態に陥ったという人物である。

結婚前は、私が学期休みになると、すぐに姉の教員官舎に駆けつけて住み込み、部屋じゅうに散乱する汚れものを整理して洗濯し、その合間に部屋の大掃除をし、鼠《ねずみ》が出て、怖くて眠れないという臆病な姉のために、家じゅうにネコイラズを撒き散らして鼠を駆除した。

それでも、夜中に姉が悲鳴をあげる。

「鼠が通った。ほんとだって。鳴き声がしたのよ。サエコ、なんとかして」

と半泣きになる姉のために、帚《ほうき》をもって鼠をおいかけまわして、何匹か叩き殺した。

すると、

「鼠はテレパシーがあるのよ。仲間が殺されたと連絡しあって、復讐するんだから。ほんとだって。仲間が殺されると、わざと高価《たか》い絹のブラウスやウールのセーターを喰いちらかすのよ。安い木綿の服は、食べないの。どうしよう」

と、鼠のナカマを殺した私を責めるがごとくに泣き出すので、これで中学でナニを教えているんだろうと、妹ながら不安になるような人だった。姉は六つ、年上である。

その姉が、高校時代の初恋の相手と七年越しの清く正しいおつき合いの果てに、めでたく結婚にこぎつけたときは、父も母も妹も、姉の幸運を心から喜び、義兄に必要以上の負担はかけないよう、ひそかに誓いあった。

結婚後の別居についても、いつも一緒に暮らしていれば、アラもホコロビも見えてくるが、なにしろ一週間に一度の逢瀬《おうせ》だから、バケの皮がはがれなくて良かった良かったと、家族はもとより、本人が一番喜んでいた。

そういう姉にほどなく子供ができたというニュースは、わが家を震撼《しんかん》させた。

よく考えれば、いや考えなくても、結婚している限り、いや、しばしば結婚していなくても子供ができるというのはさすがの私もうすうす察していたが、しかし、あの姉が母になるという驚くべき事実に啞然とした。

と同時に、別居結婚で子供が生まれるとなると、姉は職を退くべきか否か、家庭内では論議沸騰した——というとドラマだが、なぜか誰もその件に関しては納得していた。

姉は職を続けるべきであり、必然的に子供の養育は、わが家の総力をあげて挑むべしという暗黙の了解ができていた。義兄がよくできた人なのはもちろんだが、どうも北海道というのは歴史が浅いせいか、世間的なしがらみや因習が少なくて、特に女にはカセがなく、私みたいなはみ出し娘にも、なかなか住みよい土地である。

かくして姪が生まれ、母と私が養育係に専念することとなった。

私は日夜、大学の図書館に通いつめて育児書を読みあさり、家に帰ると姪っこをお風呂にいれ、母が台所をしているあいだ夜中の授乳（といったって粉ミルクだが）の準備をした。

一夜に三回起きて授乳することとして、その三回分の粉ミルクをケースにいれ、暗闇のなかでもミルクが手早く作れるようにしておく。母乳ではないので、粉ミルクの量を間違うと、粉が少ない場合は栄養失調になり、粉が多いと腹くだしになる。赤ちゃんは、非常にデリケートなのである。

　さらに育児書によれば、暇をみて話しかけ、スキンシップをこころがけねばならず、オシメをとりかえる際にも、オシッコをしたといっては「賢いわねえ」と話しかけ、大きいのをしたといっては「元気元気でよかったねえ」とその偉業をたたえ、泣いたといっては「そうなの。怒ってるの。困ったちゃんだねえ」と慰め、アババと言ったといっては「話すのが早いのねえ。天才だねえ」と感嘆した。

　母は、現役の育児からはや二十年以上も過ぎているので、私が大学の図書館で仕入れてくる育児方法に謙虚に耳を傾け、児童心理学の奥義にも興味があり、私の薫陶よろしきを得て、家族じゅうがとにかく赤ちゃんに向かって、

「いいこいいこ。とっても、いいこ。かわいいこ」

と呪文《じゅもん》のごとく唱えていた。

　そして週末にはわが家に飛んでくる両親が加わり、「いいこいいこ」の大合唱と、スキンシップのために、頰ずりやだきだきを繰り返した。

　ある日、姪の頰がぱんぱんに腫れて、真っ赤になっているのを発見したときは、乳幼児特有のりんご病ではないかと青くなり、泣きながら赤ちゃん専用の軟膏を擦り込んだが効

果はなく、おそるおそる病院に運びこんだら、

「頬ずりのしすぎなんですよ。大人の肌は脂や雑菌だらけなんですからね。ねこっ可愛がりもほどほどにしないと。これは頬ずりカブレです」

と医師にお叱りを受けてしまった。

「でも、スキンシップが……」

「ものには限度ってもんがあります」

それからは頬ずりはしないよう家族で申し合わせたが、姪の真っ赤な頬の腫れは、なかなかひかず、将来の容貌にキズをつけたのではないかと胸が締めつけられる思いだった。学期休みになると、姪の昼寝につき合うのが日課になった。私が海老《えび》のように体を丸めて横になり、姪っこを胸に抱いて眠るのである。

自分が寝返りを打った拍子に、姪を押しつぶさないとは限らず、姪との二時間の昼寝が終わると、肩も腕もこって、そのあと二時間くらい眠りこけた。

ミルクからパンがゆに移る頃、初めは母が、その次に私が育児ノイローゼになった。母か私の姿がみえないと姪が火がついたように泣き出すので、ふたりともろくに自由に行動できない。

母が外出するときは私が姪を背中にくくりつけて、オンマになり、家じゅうをはいずりまわって姪の気をそらす。私が大学に行っている時は、母がつききりで姪と遊ばなければ

ならない。昼寝するにもひとりでは駄目なので、添い寝して手を握っていなければならない。そんなこんなで、養育係の気分も、荒れてくる。

「今からこんなんで、過保護にならないのかね。学校の本になんか書いてないの」

「短大の教育学の教授のとこ行って、いろいろ伺ったけど、今はこれでいいんだって。添い寝のクセや抱きグセの心配するより、ともかく愛情たっぷりがいいんだって。俳優の渥美清さんは、小さいころから母親に耳を触られて、おまえの耳は福耳だから、将来は偉人さんになるよと言われつづけて、いろんなコンプレックスから立ち直れたんだって。下積みの苦しいときも、それが支えだったんだって。そういうのが慈母の教育の奥義なんだってよ。教授が言ってた。その先生、りっぱな方だし、説得力あるよ」

「そういうもんかね。過保護にならないのかねえ」

大人もかなりいいかげんで、育児の疲れがたまってくると、とたんに過保護の心配をしたりして、教育上、突き放したほうがいいんじゃないかという話になる。なんのことはない、すこし姪から離れて、ゆっくりしたいのである。そういう時期に、姉が冬休みなんぞで家に帰ってくるので、母も私も息抜きして、荒れた気分を直す。

そうやって姪が二歳を過ぎた頃、私は卒業と同時に家を出てそれっきりとなったが、誕生から一番手のかかる時期に養育に関わったというのは、これはもう、致命的だった。

両親とは険悪な状態で、気の強い私はそれがたいして苦にならなかったけれど、母からの手紙で姪が「ばァば、おばは？」と言っているのには往生した。姪は一歳半あたりから、私をきちんと「おば」と呼び、民法上も正しいその呼び方が、姪のたどたどしい口調ともあいまって、不思議な感動を呼び起こしていたのである。そんなこんなで、私が家を出たあとに生まれた甥には、まずまずの理性が働くのだけれど、姪となると感情的になる。

幼稚園に通っていた姪の運動会にジジもババも用事が重なり、ママは仕事で、パパしか行けないという情報がくると、その時ばかりは両親との喧嘩も一時お休みで駆けつけ、田舎からひいお祖母さんまで動員して父兄席を華やかにして、盛り上げた。競技ちゅう、となりの女の子が姪を肘《ひじ》で押したといっては、その子を睨みつけたりした。

つい先日、北海道に戻って、みんなで食事をしているときも、甥が姪のお皿から、おいしそうなものを平気で取り上げるのを見ると、カッとなり、

「どうしてお姉ちゃんのをとるの。男の子がそういうことしちゃ駄目じゃないの。女の子に優しくしないと、大人になってから、女の人に優しくしてもらえないのよ」

と叱りとばしてしまった。

それを見ていたパパとママが、叔母さんは姪に贔屓している、甥のほうに冷たく当たるという危惧《きぐ》を抱いたらしく、家に帰ってから、それとなく注意された。そう言われてみれば、甥は私の前ではわざと虚勢を張って、乱暴にふるまう気味がある。

「ボク、おいで。叔母ちゃん、抱いてあげるから」

にわかに関係を修復しようとして甥を手招きして、膝に抱き上げ、

「ボクはパパにそっくりで、将来ハンサムになるよ。ボクはかわいいね」

根拠も文脈も無視して誉めると、驚くなかれ、それまでふてくされていた甥が顔を赤くして、はにかんだように笑った。にへぇら〜、と嬉しそうに顔全体で笑うのである。

「ボク、パワーあるよ。エネルギー、バクハツだぞ」

ＴＶアニメのフラッシュマンで覚えた横文字を駆使して、自己主張する甥を抱きながら、育児の奥義の正しさについて、姪と甥の来し方行く末について、叔母さんはシミジミと考えを巡らせたのだった。

三界に家なし

先日、どうしても確かめなければならないことがあって、学生時代の友人に電話をした。

彼女は大学を卒業して一年ぐらいで結婚しており、住所録に書いてある住所も電話番号も、その時に教えてもらったものである。だからもう六、七年前のものになる。

そこにいるのかどうか不安を覚えながら、電話をすると、懐かしい彼女の声が聴こえた。

用件も挨拶も忘れて、

「まだ、そこにいたの」

と叫んでしまい、笑われた。

考えてみれば、世間の人はそうそう引っ越しなど、しない。

ダンナさんの転勤でもなければ、同じところにいて当然である。

住所録を見て、まだいるだろうかと考えたのは、つい我が身に引き較べてのことに違いない。

私は二十二歳から現在まで、七年の間に十回、方違《かたたが》えをしている。

と、ここまで書いて、気が遠くなった。この間、仲介の不動産屋や引っ越し業者、大家さんに支払った家賃以外の保証金等を考えると、マンションの頭金ぐらいにはなるのではないか。

惜しいことをした、と今さらながら悔やまれてくる。

これだけの引っ越しをしたのは、つまるところ、私が怒りやすく我慢が足りないからで、「怒りは敵と思え」とは、けだし名言である。家康は、やっぱり偉い。

初めての引っ越しからして、怒りあまって、というのがぴったりだった。

両親とおりあいがつかず、ある日突然、当てつけるように赤帽トラックを家に横づけさせて、ダンボール五個に詰めた日用雑貨と本、衣裳箱二つに机を積み込んで、

「じゃあね」

と引っ越した。

友人ふたりと共同生活するために借りた家は、屋根裏のある一戸建で、筆舌に尽くしがたい、あばら家だった。

軒の隙き間から雀が飛び込んできて、家の中を飛び回る。

飼っていた猫がそれを追いかけているうちに、破《わ》れた窓ガラスから外に転がり出てしまうといった調子で、外と内の区別がない。

隣家は大学教授宅で、時々遊びに来た友人が、

「どう見ても、お隣の物置小屋にしか見えないのよね」

と言っていた。

その家には、郵便物の関係で、「氷室」の表札を出していたが、ある時、隣家の大学教授夫人が庭越しに話しかけてきて、

「冬はさぞ、寒いだろうと主人と話してますの。氷室は、その洒落でおつけになったのでしょう。ユーモアがおありになって、若い方は楽しいわねえ」

と真顔で言われ、絶句する、というくらいの家だった。

あまりのボロぶりにいたたまれなくなり、もっと良いところに移ろうかと相談している頃、隣家の大学教授が外国の大学に客員教授として招かれることになり、その間の留守宅の留守番役として住み込んでくれないかという話が持ち込まれた。

二度目の引っ越しがそれだが、この時ばかりは平穏な引っ越しだった。

それは実に瀟洒《しょうしゃ》な邸宅で、今に至るも、ああいう邸宅に住んだことはなく、この先、一生、住めないだろうというくらいのものである。

ボイラー室があり、全室セントラルヒーティングで、居間にはシャンデリアが燦然《さんぜん》と輝き、教授の書斎には専門の中国文学関係の書物が壁面を埋め、二階には茶室や読書室があるといった調子で、友人とため息をつきながら暮らしていた。

毎日、庭の芝刈りと掃除をして優雅に暮らしていたが、ある時、ご近所の奥さまが訪ねて来た。

ゴミの収集日と違う曜日に、連続してゴミが出されている、この近所の方々は古くからの住人で、そういう規則違反はやらない、お宅さまではないか、と言うのである。

たかがゴミ、たかが町内会というなかれで、こういうことは地域社会に根ざして生きていく以上、避けて通れない重大問題なのである。

私たちは必死になって無実を訴えたが、奥さまは容易に信じて下さらず、

「今後、このようなことがなければ、それでいいんですよ」

と慈愛に満ちた目でおっしゃり、私達は冤罪の涙をかみしめた。

「なんで、あたし達が無条件で疑われちゃうわけ⁉」

「定職もってない女に、毎日芝刈りしてるだけの女がのらくら暮らしてると、ヘンな目で見られんのかねえ」

「許せないわ。ムラ社会の弊害は、ここにある！　あたしは断固として戦うっ」

と叫び、素っぴんでは子供っぽくて馬鹿にされるというので、ぴっちり化粧して、家出するにも持って出たというウールのアンサンブルを着付けて、町内会長さんのお宅を訪れ、無実を訴えた。

町内会長さんは「わかりました」とおっしゃって下さり、友人とふたり、ホッとして帰

りかかると、

「若い人だから、意地になるのねえ」

と呟かれてしまった。

私達は四面楚歌の心境で、怒りで目も眩《くら》む思いで家に戻り、このまま町内会にいたのでは、この先、何をどう言われるか、わかったもんじゃない、違うところに引っ越そうと相談がまとまった。

もっとも、本当に引っ越す決心がついたのは、それからさらに一週間ほどたったある朝である。

今でも覚えているが、朝からどしゃぶりの雨のところを、電話で叩き起こされた。受けると、町内会長さんからで、

「実は、たった今、ゴミが出されていますの」

と意気込んでおっしゃる。

町内会長さんのお宅からは、ゴミの収集場所が見えるのである。

「あたし達、出してません」

憤然として答えると、

「どうやら、そうらしいですわね。それで、ものはご相談ですけれど、これから一緒に、ゴミ袋を点検いたしません？　ゴミの内容で、どちらのお宅のものか、およそ見当がつき

ますから」

ひどく確信に満ちて、意気ようようとおっしゃるのである。

私達は丁重に辞退して、その日のうちに、教授が帰国なさるときに備えて、なるべく遠くの町で、町内会活動が停滞しているところに家を捜そうと基本方針をまとめた。

怒るより先に、すっかり迫力負けしてしまったのである。

そうして移った三度目の引っ越し先は、これといったこともなかったが、四度目の引っ越し先には泣かされた。

仕事にかこつけた役者の追っかけで、関西に引っ越してしまったのだが、そういう不純な動機だと、どこかでしっぺ返しをくらうものらしい。

六畳に四畳半という、学生か新婚さん向きの間取りのアパートで、古いせいか、異常に家賃が安かった。

こういう安い家賃のところにアキがあるのは、めったにない、明日には決まってしまうだろうと不動産屋のオニイさんに囁かれ、借りてしまったのが運のツキで、階上に住んでいるのは親子五人の家族だった。

遊び盛りの子供三人が、プロレスをやっているのか鬼ごっこをやっているのか、天井がミシミシと音をたて、照明器具が揺らぐ勢いである。

しかも不運はさらに続いて、その家族は某新興宗教に入信しているらしく、毎日曜日、集会が行なわれる。

今日こそ、ひとこと言ってみよう、明日こそ注意しようと思いながらも、五人家族と信仰が相手では、ひとり暮らしの無信仰の女に勝ち目はない。

とある日、あまりの騒音に怒りあまって、帚の柄で天井を突つき返したら、天井板をわずかに突き破ってしまった。

われながら恐しくなって、半年あまりで早々に引っ越すことに決めた。

それを不動産屋の人に連絡したら、

「おかしいな。あそこはすごく回転がいいんですよね。たいてい半年くらいで、出て行かれる。まあ、こちらも商売ですから、回転がよければよいだけ、手数料が入るし、いいんですがね」

と言った。

なるほど、世の中とはうまくしたもんだと、おかしかった。天井の修理費をきちんと払ったのは、いうまでもない。

次に引っ越した五度目の方違え先は、前回の轍《てつ》を踏まぬよう、一戸建の家を借りた。女ひとりが借りられるのは、たかが知れた古家だが、今度こそ、最低、一年はいるぞと覚悟を決めていた。

というのも、関西の貸借契約というのは関東とやや異なり、保証金制度が主流なのである。

アパートの部屋を借りるとすると、当時で二十万から五十万、マンションか一戸建の家を借りるとすると、最低百万程度は、保証金として大家さんにお渡ししなければならない。

退去するとき、そのうちの三〇％程度が原状復帰費として大家さんのものになり、残りがこちらに戻される。

いずれ七〇％程度は戻されるのだが、それにしても入居時には、それ相応の大金を用意しておかなければならない。

たび重なる引っ越しで、少しは知恵もついてきて、「引っ越し貧乏」という言葉の意味をしみじみ噛みしめていた頃だったので、いくら腰の軽い私にも意地があった。

しかし、ここまでくると、よほど私が癇性《かんしょう》の強い女なのか、それとも巡り合わせなのか、お隣の家がピアノ教室をやっていたのである。

先生がお弾きになっているのは、聴くだけですぐわかり、快いBGMと思えないこともないのだが、未来のピアニストの卵たちはやはり、すさまじいまでにヘタ、なのだ。

同じところで何度も間違われると、考えまいと思っても、

「こら！　そんなところぐらい、スラスラ弾かんか、ヘタクソ」

と怒鳴りたくなって、どうにもいけない。

昔、ピアノ殺人事件というのがあったなあ……などとぼんやり考えている自分に気付き、半年後に敗北感にまみれて、北海道に戻ることに決めた。

六度目の引っ越しである。

しかも、このときの引っ越しには手痛いおまけがついていた。

私も引っ越し慣れしていたせいか、引っ越しを決めると、ただちに実行することにして、大家さんには翌月分の家賃はきちんと払って出ること、保証金の残金は、突然の引っ越し通達なので、すぐに揃わないこともあるだろうから二カ月後に、口座に振り込んでいただければよいことなどを、口約束で決めた。

ところがどうも、私の引っ越しが急であり、いかにもすぐに引っ越したがっている素ぶりから、サラ金に追われているか、バックにヤッちゃんがついていると誤解されたらしいのである。

北海道に戻って、待てど暮らせど、残金が振り込まれない。

手紙ではラチが明かないので、電話で話し合っているうちに、

「あなたにもうしろ暗いことがあるんでしょうから、まあ、いいじゃありませんか」

最後には、そう言われてしまった。

なるほど、腰の据わらない生活態度は、ヨソ目には「うしろ暗い」ものがあるように見

えるのかと、さしもの私も怒るのを忘れて、ウームと唸った。

いつまでも学生気分でフラフラしてるからよくないのだ、もっと腹を据えなくちゃ……

と覚悟をあらたにしたのだが、そのわりに不徳のいたすところというべきか、六度目の方違え先は、なんと二カ月で出てしまった。

階上に住む若夫婦が、その部屋を仕事場にして、友人達と共同事業をやっているらしく、連日、夜遅くまで宴会が続く。

今度ばかりは短気を起こさず、我慢しなくっちゃと自らに言いきかせていて、ある夜、カラオケの音が響いてきたときも、まあまあと言いきかせつつ、ストレスを発散するつもりで、

「もの音くらい、へいちゃらよ、えいっ」

と壁を握りこぶしで叩いたら、めりっと音がして、こぶしが壁のベニヤ板にのめり込んでいた……。

帚の柄で天井を突き破ったときもそうだったが、私は怒ると、ほうれん草を食べたポパイなみに、瞬発力が出てくるらしいのだ。

かくして、今もさすらいの方違えを続けている。

女、三界に家なしを地でいっているような気がするけれど、自分で自分に同情できない。われながら、私は厄介な店子《たなこ》である。

女の苦笑い

高校二年の時、保健体育の授業があった。よく覚えていないのだけれど、実技ではなく理論の授業で、男子と一緒になって授業を受けていた。

あるとき、その保健体育の教師が、彼は男子の体育教師だったのだけれど、どういう話題からか、男性と女性の違いについて一席ぶった。

女性は男性に較べて持続力があり、忍耐力と集中力があるが、独創性や機動力といった点で欠けており、だから女性は事務系の仕事に向いている——というようなことを保健体育の理論で言った。

さらに女性に子供ができると、すべてを子供中心で見てしまうのは女性の集中力のたまもので、子供を育てるうえでは必要な能力だが、しかし視野の広さはないので、男性がリードをとらなくてはいけない、それは体のつくりがそうなっている、というようなことも言った。もっとイロイロ言ったのだが、詳しく覚えていない。

詳しく覚えていないのは、私が怒り狂って立ち上がり、それは偏見である、女性が事務しかできないのは、事務しかできないという先生のような思い込みのある人々によって、事務しか任されていないからで、そんなものは体のつくりとは関係がない、猿回しの猿だって訓練しだいで二本足で立ち上がることができるのだから、女だって訓練しだいでどうとでもなるのであって、体のつくりがどうしたこうしたというのは詭弁《きべん》である、事務しかできない女もいる、しかしそれ以外の女もいる、すべては個人の問題である——というようなことをまくしたて、まくしたてているうちに興奮して、興奮したので、その後の細かいことはすべて忘れてしまったのである。まったく、女性に集中力があるというのは、まぎれもない事実かもしれない。残念ながら。

　別に今さら、女の自立がどうしたこうしたと古い話題を持ち出すつもりはなくて、ただ、今になって思うのは、あの若い体育教師はもしかして、実生活でひどく女性に悩まされていたのではないかということである。

　独身の若い教師だったから、奥さん問題はなかっただろうが、母親の問題がある。〈子供を中心にしかモノを見られない〉母親の専制に、かの二十代の体育教師は辟易《へきえき》していたのではないか。

　それで、男たる自分がリードをとらなければいけないとおのれに言い聞かせていたのではないだろうか、と思うのである。

もし、そうだとすると、そういう自分の煩悶を、年下の生徒に向かって、さも理論的に言っているように見せかけながら解消していたわけで、いかにも小インテリの坊やがやりそうな姑息なことである。そういうところを母親が見透かすのは当たりまえだから、

「なんだかんだと理屈を言ってるけど、あの小さかったお前が、そういうことを言えるまでに育ったのも、独創性はないけど集中力のあるあたしのおかげだよ」

なんてことを言われるのがオチである。

あるいは、

「そう。よくわからないけど、そういうことを言えるようになったんだねえ。おまえが中学の頃はどうしようもない不良で、この先、どうなるものかと心配だったけど、人間、なるようになるんだねえ。ありがたいねえ」

などと、逃れようのない過去をもち出されて、スットボケられてしまうかもしれない。どちらにしても、男の人に勝ちめはないわけで、これでは生徒に向かって、鬱憤《うっぷん》ばらしのひとつもしたくなるだろうと、今になって同情しきりである。

かつての私は男性にとても過酷で、容赦がなく、

「それでも男なの」

という言い方をよくしていた。面と向かって言ったことは数えるほどしかないけれど、心の中では言っていた。実は、

言っていたのです。何度も、何度も。

この場合の男というのは、古き良き時代の男性像で、妻子を養い、寡黙に生き、仕事や人生の煩悩《ぼんのう》はすべておのれの胸におさめて、苦笑いしつつ川べりを散歩するといったイメージであった。

しかし最近になってつらつら思うに、これはどう考えても、現実を無視したユメマボロシではなかろうか。

小学校から大学まで、席を並べて一緒に勉強して、彼の失敗もなにもかも同時進行で見ているのに、突然、川べりを散歩されたって、「なに気取ってんの」ぐらいの感想しかなくて、「男だねえ」という惚れ惚れするような情感なんか湧いてくるはずがない。

今の若い男性は、こちらのそういう目を知っているから、わざわざ川べりを散歩するような手間ヒマはかけてくれずに、最初から本音で勝負するのだろう。つまり、かの体育教師のように詭弁をろうせずに、最初から女性に対してはギブアップして登場する。

ギブアップして女性と接するというのは、たとえてみれば、母親と息子の関係みたいなもので、スネるか甘えるかのどちらかである。

どうして、こういうことを考えるかというと、やはり私の前を通り過ぎた男たちが――というと、まるで週刊誌の衝撃告白みたいだけれど、そういう華やかなものではなくて、この年になるとモテるわけでもないのに、それなりに男の人とつき合うことが多くなり、仕事や遊びで会う男性諸氏がやたらと甘えん坊将軍なので、呆然とすることもまた多いのである。

つい最近も、私と同い年で仕事をしている女友達が、

「男の人って、どうして仕事に男女関係を持ち込むんだろう」

というので、仕事をタテにカンケイを迫られた体験談かとドキドキすると、そういうイロっぽいことではなくて、仕事の話をしていて意見の相違があり、そこを詰めていると、ふいに、

「そうじゃないんだよな、僕の気持ちをわかってくれないのかなあ、もう」

と、まぜっかえすという。

それを言われると、ここで「あなたの気持ちがわかっても、それが具体的な仕事の結果には結びつかないのよ」などと言うとキンキンしているキャリアウーマンだと反発されて、ますます本題から離れていくので、仕方なく、

「あなたの気持ちは、とてもよくわかるわ」

と慰めて力づけ、自信を持たせてから、やおら仕事の話に戻るので、時間がかかるばかりか、疲れてしようがないと言う。

「それが恋人なら、こっちも必死になって慰めるけど、そういう関係でもないしねえ。なに考えて仕事してるんだろう」

と彼女は嘆息していた。

仕事に男女関係を持ち込むというのは、ひと昔前までは、仕事をし始めた女性に対して言われたことで、仕事のミスを叱るとクドクドと言い訳ばかりして、あげくに泣き出す、プロ意識がないなんてことを言われた。

それがそのまま、今の一人前の男性に当てはまるのだから、まったく泣けてくる。日本はどうなるのだろう。

もっとも友人の話の場合、仕事に男女関係を持ち込むというより、母子関係を持ち込むというべきで、働いているわが同胞には、身におぼえのある人もいるのではないか。私も最近は、〈苦笑いしながら川べりを散歩する〉という、およそ無責任なイメージから脱却して現実を直視し始めたので、友人の言ったことには少なからず、深く頷くものがあった。

そこで、乏しい経験をもとに、我が同志の女性軍にご忠告だけれど、世の中の男という男はみんなマザ・コンであると断言してもよろしい。

こういう言い方は乱暴だけれど、別に男性諸氏を侮ったり子供扱いしているわけではなく、たまたま男の人のことで、

「あいつはいったい、なんなんだ。あたしは恋人でもないし、母親でもない。恋人や母親以外の女とつき合ったことがないのか」

と怒り狂うことしばしばであり、それをとある男友達に言うと、

「うん。母親か恋人以外のつき合い方はしない」

と断言されて、怒りもなにもかも雲散霧消してしまい、

「あたしはどっちで、つき合ってるの」

と思わず聞くと、当然のごとく、

「あなたとは、恋人のようなつき合いはしていないでしょ。だから、母親です」

と言われて、ナルホドと、その瞬間、サトリをひらいたのである。こちらでは普通の男友達だと思っている人から呼び出され、時間もあることだし一緒に映画をみたりモノを食べたりして楽しい時間を過ごして、そこまではいいのだが、その後で必ずといっていいほどヘンなグチを聞かされたり、ヘンに甘えられたりして、ふたりの間にそういう関係はないはずなのにとびっくりしたのだが、あれは私が母親だったからなのである。

　私としては女友達と同じように、時間があるので楽しく遊び、おしゃべりをして楽しむつもりでいるところに、突然、わけのわからない雰囲気になり、楽しい気分に水をさされて、そのたびに面喰らって怒っていた。

　女同士のつき合いでは、いくら悩みごとがあっても、相手と自分の間にそういう相談ごとを持ち込んでいいのかどうかの見極めをするし、ヘタに相談してのちのちに弱みを見せ

てはまずいという判断もあるので、グチの言い合いにはけっこう慎重なのである。まして野放図な甘えは、友情を長続きさせないという経験から、むやみと甘えてこない。

それに較べて、男性軍がやたら楽天的に甘えてくるので、どういうことなのかわからなかったが、それも母親だと思われていたのだと思えば、ナットクである。

言われてみれば、確かにみんな、あらゆるタイプの息子像をそなえている。

まず、長男。

これは下と上に女姉妹がいる場合は、母親の愛が彼に独占されている。だから、愛されて当然であり、まあ期待されすぎてスポイルされるという反面もあるが、ともかく愛し方のヘタな筆頭である。とくに下に弟がいなくて、女姉妹ばかりの場合は、女性に甘えながらも女性を蔑視する傾向があり、要注意である。ろくに女性経験もないのに、女性に対して決めつけるものの言い方をするのも、このタイプである。常に例外はあるが。

一方、下に弟がいる長男で、その弟のデキがよくて母の愛情がそっちに奪われた場合、当然ながら屈折して、女は社会的な成功や名誉によってしか男を愛さないのだという偏見をもちやすく、権力志向に陥り、おだてればズにのるし、諫《いさ》めればプライドを傷つけられたように思って怒りだすし、扱いづらい筆頭である。愛し方も愛され方もヘタな人である。頼るぶんには、けっこう応えてくれるが、愛情というより彼のプライドの問題だから、そこを誤解してはいけない。つまり、こちらが立てないと駄目なタイプである。もちろん、常に例外はある。

さて弟がいながら、母親の愛情が弟に較べて少ないと感じなかった長男は、まっとうな男性になるかというと、常に例外はあるのであって、やはり長男は生まれながらにして人間関係の頂点にいたものだから、人の下に立つことを良しとせず、かといって努力をして愛をかち得るという境遇ではなかったので、全体として向上心に欠け、愛される努力をせずにしばしば他人の好意にアグラをかき、しかも自分でそれに気がつかない救いのなさである。やはり人の愛し方がうまくない。井のなかの蛙《かわず》になるのは、このタイプである。例外はあるかもしれない。

さて、二男もしくは、末っ子。

これは長男と母親の愛情を奪う三角関係にあるので、長男がどういう人か、母親の愛情はどちらにあったかで、ずいぶんと違ってくる。

まず長男のデキがよくて、母親の愛情が長男により多くあった場合、目立とうとする精神が養われ、自分が常に愛されているか好かれているかどうかに敏感で、情緒的である。

先刻の女友達の仕事相手の男性は、たぶんこのタイプだったと思われるが、この手の男性が一番弱いのは、

「あなたの気持ちがわかるわ」

という殺し文句で、私の気持ちをわかってといった頼り方は絶対にうまくいかない。

自分以外の人間は、理解したり愛したりする相手ではなく、常に自分を理解して愛してくれるかどうかで価値がある存在なのである。つまり、要求することのみ多くて、およそ返してくれない駄々っコと思って間違いない。嫉妬深いのもこのタイプで、それは愛情からではなく、相手が自分に興味を示してくれないと不安なのである。やはり例外がないとはいえないけれど。

そして母親の愛情が長男を通りこして自分にきていた二男もしくは末っ子、つまり愛情あふれた弟は、邪気のないわがままさがあり、しかし全体として人に好かれる鷹揚《おうよう》さがあるが、一方で他人にたいする深い洞察力に欠け、自分が幸福ならみんな幸福と考える単純さがある。

愛され方がうまいし愛し方もヘタではないが、愛情そのものに飢えや敬意がないので、罪の自覚なく浮気するし、それによって引き起こされるさまざまの問題を、とかく相手の問題としてしか捉えられない無自覚の傲慢さがある。根っからの甘え上手で、会社勤めの男性で上司にも好かれ、同僚にもよい感情をもたれるのはこのタイプだが、問題解決のための人間的な底力というものはほとんど、ない。

ノレンに腕押し、ヌカに釘、終わりよければすべて良しの典型で、たとえば誰かの恨みを買って、刺し殺される寸前でも、自分が殺される理由がよくわからないというメデタサである。人間と世間を無意識のうちに甘くみているというところがある。たぶん例外はあなどということをつらつら考えてみたものの、こういうことを考えるから、母親に見られるのだろうか。

と、とある男友達に、いやムスコのひとりに言ったら、

「そのとおり。あなたスカートはいてるから。いやなことがあると、そのスカートのかげに隠れて、慰めてもらいたくなるんだ」

だと。

で、慰めてもらって元気がでると、違うスカートをはいた女のところに行って、イケナイことするのかと怒鳴りつけたくなったが、敗兵は黙して語らずで、ぐっとこらえて苦笑いした。最近は、女が苦笑いして、ふと川べりを散歩したくなるご時世である。

まったく、なにがスカートはいてる、だ。甘えるのもいいかげんにしろ。

明日からスキーパンツはいてやる。慰めて、あげない。

るだろうが……。

解説　ファンレターのお返事のお返事

青山美智子

私が初めてファンレターを出した作家は、氷室冴子さんである。

中学一年生の冬だった。千葉県から愛知県に引っ越して転校生だった私は、すぐにはクラスになじむことができず、休み時間は教室の隅で本を開いていた。そのときに出会ったのが氷室さんの『シンデレラ迷宮』だった。

その小説は、私がそれまで読んでいた本とまるで違った。冒頭からあっというまに引き込まれ、私は主人公の利根《りね》と本当に友達になり迷宮をさまよった。そして気がついた。私も、自分の中にある迷宮から逃れられずにいることを。身震いするような感動だった。

私は興奮のあまり、想いを訥々《とつとつ》と手紙にしたため、出版社に送った。氷室さんに読んでいただけるかはわからなかったけれど、あふれる感情を胸に閉じ込めておけなかったのだ。

それから半年ぐらいして、なんと、氷室さんから直筆のお返事がきた。私は文字通り飛び上がって驚き喜び、涙ながらにその文字を何度も何度も繰り返し読んだ。

『シンデレラ迷宮』を読んでくれてありがとう、気に入ってくれて嬉しい、という言葉と共に、「迷宮の出口は見つかりましたか?」と書かれていた。

氷室さんは、本当に私の手紙を読んでくださったのだ。中学生である私の気持ちや出来事を、利根になぞらえながら真摯に受け止めてくださったのだ。ひとつの作品を通して、書き手と読み手がつながっていることを知った瞬間だった。発信して受信して、小説は命を灯すのだと思った。氷室さんの中にも私の中にも、利根たちはちゃんと実在し、永久に姿を消すことはない。

私は氷室さんの真似をして小説を書き始め、十四歳のとき、作家になることを決意した。十代だった私がどうしてあんなに氷室さんの小説に救われたのか。ずいぶんと大人になってからあらためて読み返してみて、はっきりわかった。

それは、少女小説家のレジェンドだった氷室さんが、「少女」である私たち読者を決して子ども扱いしなかったからだと思う。氷室作品は、親しみやすい文体でありながら、設定や下敷きにされている書物などが大人っぽいことがよくある。氷室さんによって『ジェイン・エア』や『落窪物語』などの古典文学に触れ始めた読者はたくさんいるだろう。

氷室さんは、大人の事情や恋愛観なんて十代の子にはわからないだろうなどとつゆも思わなかったのだ。大切なものを奪われたり、ままならない想いがどれだけ苦しいのか、何歳であっても状況は違っても、それは同じだ。読者は過去にそんな経験をしたかもしれないし現在その苦しみのさなかにいるかもしれないし、これから似たような境遇が訪れるかもしれない。でも大丈夫、私たちは世間や自分が思っているよりずっと勇敢にできてるのよ。氷室さんはいつもそんなふうに、作品を通して少女たちを守ろうとしたのだ。

だから私は氷室冴子という作家を、大人として信用したのだと思う。私にとって氷室さんはずっと、尊敬する作家であり、「素敵なお姉さん」だった。

本書『冴子の東京物語』は、氷室さんが二十代後半から三十歳にかけて書かれたエッセイである。

東京から北海道の間で十二時間という、長距離かつ長時間電話を堪能し、スパルタな師匠の元で三味線のお稽古に勤《いそ》しみ、競馬の舞台裏に想いを馳せる。ひとり旅をすれば宿の風呂場に「実力でお入り下さい」という札がぶらさがっており、ハイキングコースで遭難すればチェルシーの包み紙に救われ……どうして氷室さんには次々とこんなに面白いことが起きるのだろうか。いや、何かが起きているというよりも、氷室さんの着眼点がすべて作家的でドラマチックなのかもしれない。

『北斗の拳』のケンシロウに入れ込んだり、好きな役者を追っかけて関西に引っ越すなど、今でいうところの「推し活」にもアクティブな氷室さんの姿がそれを如実に物語っている。たぎるような愛情、熱情の中に、冷静な分析力がきらきらと光っているのだ。

ある作家の「読点の打ち方」に惚れ込んで、全作品を蒐集しそのリズムを研究しまくるさまは、私にもちらりと覚えがあった。氷室さんの文章にも特有の言い回しがあり、たとえば「べらぼう」とか「感涙にむせぶ」とか、「とどのつまり」などがそれである。私はそんな言葉をコレクションしており、文中で遭遇すると嬉しくてたまらない。本書を読みながら「あ、ここにも『とどのつまり』が出てきた……ウフフ」などとニヤニヤしてしまった。

氷室さんの洞察力はもちろん身近な人々にも向けられていて、そのまなざしはクールな一方で情緒的である。国鉄職員だったお父様の話は、とりわけぐっと深く沁み入る章だ。氷室さんご自身の感情とは別の世界線で、お父様の生きざまを理解し敬意を表している。他者への愛と尊重に満ちたこの「客観視」こそが、氷室さんにあの美しく膨大な小説を書かせたのではないか。

そして氷室さんの感受性の豊かさも、本書のそこかしこに見て取れる。

東京砂漠と呼ばれる都会の孤独をかみしめてわけもなく涙したい、と思うのに、当時の原宿駅はペンションみたいに可愛らしいし、商店街のおばちゃんたちは気前がいい。そこで氷室さんは思うのだ。「どうも、砂漠がない」と。

納得がいかず首をひねりつつ、それでもおせっかいなまでの東京の人情の温かさに胸を打たれて結局泣いてしまう。そんな氷室さんはやっぱり、五十代になった私にとっても変わらず「素敵なお姉さん」である。

思えば、私が愛知県の田舎町から上京したのも二十代半ばのときだった。氷室さんが引っ越しの際、机代わりにミカン箱をさかさまにして原稿を書いたというエピソードをどこかで読んだのを思い出し、私もあやかろうと上京後しばらく段ボール箱の上にワープロを置いて投稿原稿を打っていた。

憧れの人、尊敬する人の真似をすることから、何かが始まることがある。氷室さんに影響されて小説を書き始めた作家は私だけでなくたくさんいるし、こんな本を創りたいと編集者になった人もいると聞く。それは氷室さんが手渡してくれたバトンなのだと思う。

「迷宮の出口は見つかりましたか？」

今、この場をお借りして「ファンレターのお返事のお返事」を書かせていただきたい。

氷室さん、私は作家になって、あの頃とはまた違う迷宮に入り込んだようです。

そして、当分の間、出口は見つからないと悟りました。この迷宮の中には、さらにまた迷宮があることに気づいてしまったから。でもそれを楽しいなんて思えるのは、とどのつまりが私もやはり、小説を書くことを愛してやまないということかもしれません。

だから私は、あえてこの迷宮を味わっていこうと思います。氷室さんから勇敢な心を受け取った少女は今も私の中にいます。そのことに、最大の感謝と誇りを抱きながら。

（あおやま・みちこ　作家）

集英社文庫　一九九〇年一〇月刊

中公文庫

冴子《さえこ》の東京物語《とうきょうものがたり》

2022年6月25日　初版発行

著　者　氷《ひ》室《むろ》冴《さえ》子《こ》

発行者　松田陽三

発行所　中央公論新社
〒100-8152　東京都千代田区大手町1-7-1
電話　販売 03-5299-1730　編集 03-5299-1890
URL https://www.chuko.co.jp/

ＤＴＰ　平面惑星
印　刷　大日本印刷
製　本　大日本印刷

Published by CHUOKORON-SHINSHA, INC.
Printed in Japan　ISBN978-4-12-207222-0 C1195

各書目の下段の数字はＩＳＢＮコードです。978－4－12が省略してあります。

中公文庫既刊より

あ-58-6
銀婚式物語　新井素子
『結婚物語』から25年。陽子さんが回想する、猫のこと、家のこと、そして得られなかった子どものこと……。ほろ苦さを交えつつも、結婚生活の楽しさを綴る長篇。
206027-2

あ-58-7
ダイエット物語……ただし猫　新井素子
夫・正彦さんと愛猫。二人のダイエットに奮闘する陽子さんを描く表題作他二篇、文庫オリジナル「リバウンド物語」、夫婦対談「素子さんの野望」を付す。
206763-9

あ-58-8
素子の碁 サルスベリがとまらない　新井素子
四十歳を過ぎて夫婦で始めた囲碁。定石や難解な用語に悩みつつ、少しずつ上達してゆく喜びを綴るエッセイ。巻末に「祝還暦！　夫婦対談」を付す。
206970-1

か-57-3
あるようなないような　川上弘美
うつろいゆく季節の匂いが呼びさます懐かしい情景、ゆるやかに紡がれるうつつと幻のあわいの世界。じんわりとおかしみ漂う味わい深い第一エッセイ集。
204105-9

か-57-6
これでよろしくて？　川上弘美
主婦の菜月は女たちの奇妙な会合に誘われて……夫婦、嫁姑、同僚。人との関わりに戸惑いを覚える貴女に好適。コミカルで奥深いガールズトーク小説。
205703-6

か-61-1
愛してるなんていうわけないだろ　角田光代
時間を気にせず靴を履き、いつでも自由な夜の中に飛び出していけるよう…好きな人のもとへ、タクシーをぶっ飛ばすのだ！　エッセイデビュー作の復刊。
203611-6

か-61-5
世界は終わりそうにない　角田光代
恋なんて、世間で言われているほど、いいものではない。それでも……愛おしい人生の凸凹を味わうエッセイ集。三浦しをん、吉本ばなな他との爆笑対談も収録。
206512-3

か-81-1
発光地帯
川上未映子
食、夢、別れ、記憶……何気ない日常が、川上未映子の言葉で肌触りを一新させる。心のひだに光を灯す、切なくも温かな人気エッセイシリーズ第一弾。
205904-7

か-81-2
魔法飛行
川上未映子
お米のとぎ汁で大根をゆでる日がくるとはなあ――『きみは赤ちゃん』の川上未映子が大震災をまたぐ波瀾の一年を綴る、日記的エッセイシリーズ第二弾。
206079-1

か-81-3
安心毛布
川上未映子
ふつうに人生を生きてゆくことが相も変わらぬ椿事――妊娠・出産・子育てと、日常に訪れた疾風怒濤の変化を綴る日記的エッセイ三部作、ついに完結。
206240-5

き-30-15
エッセイの書き方　読んでもらえる文章のコツ
岸本葉子
エッセイ道30年の人気作家が、スマホ時代の文章術を大公開。起承転結の転に機転を利かし自分の「えーっ」を読み手の「へえーっ」に換える極意とは？
206623-6

き-30-17
捨てきらなくてもいいじゃない？
岸本葉子
思い切ってモノ減らし！でも捨てられない？心と体の変化によりモノに向き合い、ポスト・ミニマリズムの立場から持ちつつも小さく暮らせるスタイルを提案。
206797-4

き-30-19
50代からしたくなるコト、なくていいモノ
岸本葉子
両親を見送り、少しのゆとりを手に入れた一方で、無理はきかないのが五〇代。自分らしく柔軟に年を重ねるヒント満載の、シニアへ向かう世代を応援するエッセイ。
207043-1

さ-44-2
嘘ばっか　新釈・世界おとぎ話
佐野洋子
野心的なシンデレラ、不美人な白雪姫……ユーモアと毒のきいた、二十六篇のおとぎ話パロディ。全話に挿絵つき。〈巻末エッセイ〉岸田今日子・村田沙耶香
206974-9

よ-25-6
小さな幸せ46こ
よしもとばなな
最悪の思い出もいつか最高になる。両親の死、家族や友との絆、食や旅の愉しみ。何気ない日常の中に幸せを見つける幸福論的エッセイ集。タムくんの挿絵付き。
206606-9

各書目の下段の数字はＩＳＢＮコードです。978－4－12が省略してあります。

い-129-1
ひぐまのキッチン 石井睦美
「ひぐま」こと樋口まりあは、粉や砂糖などを扱う食品商社「コメヘン」に入社したばかりの二十三歳。秘書課新人として、心をこめてお好み焼きつくります⁉
206633-5

い-129-3
愛しいひとにさよならを言う 石井睦美
絵画修復家の母と、母の年上の友人に育てられた斎藤いつか。少女の出会いと別れを切なくも瑞々しく描く、心ふるえる長篇小説。〈解説〉北上次郎
206787-5

お-51-4
完璧な病室 小川洋子
病に冒された弟と姉との最後の日々を描く表題作、海燕新人文学賞受賞のデビュー作「揚羽蝶が壊れる時」ほか、透きとおるほどに繊細な最初期の四短篇収録。
204443-2

お-51-5
ミーナの行進 小川洋子
美しくて、かよわくて、本を愛したミーナ。あなたとの思い出は、損なわれることがない——懐かしい時代に育まれた、ふたりの少女と、家族の物語。谷崎潤一郎賞受賞作。
205158-4

お-51-6
人質の朗読会 小川洋子
慎み深い拍手で始まる朗読会。耳を澄ませるのは人質たちと見張り役の犯人、そして……。しみじみと深く胸を打つ、祈りにも似た小説世界。〈解説〉佐藤隆太
205912-2

お-65-1
西の善き魔女Ⅰ　セラフィールドの少女 荻原規子
舞踏会の日に渡された亡き母の首飾り。その青い宝石は少女を女王の後継争いのまっただ中へと放り込む。少女フィリエルの冒険が始まった。〈解説〉坂田靖子
204432-6

お-65-9
これは王国のかぎ 荻原規子
失恋し、泣き疲れて眠って目覚めたら、そこは——アラビアンナイトの世界に飛び込んだ中学生・上田ひろみ。不思議な力を持つ「魔神族」としての旅が始まる！
204811-9

つ-31-1
ポースケ 津村記久子
奈良のカフェ「ハタナカ」でゆるやかに交差する七人の女性の日常。それぞれの人生に小さな僥倖が訪れて……。芥川賞「ポトスライムの舟」五年後の物語。
206516-1

て-11-1
架空の犬と嘘をつく猫 寺地はるな
羽猫家は、みんな「嘘つき」である――。これは、破綻した嘘をつき続けたある家族の素敵な物語。寺地はるなの人気作、遂に文庫化！〈解説〉彩瀬まる
207006-6

な-77-1
長野まゆみの偏愛耽美作品集 長野まゆみ編
三島由紀夫、横溝正史、塚本邦雄……編者が10代で出会った耽美作品から、小説、随筆、詩歌を精選。美と幻想の世界へ誘う26作。全作に編者コメント付き。
207182-7

は-74-1
三千円の使いかた 原田ひ香
「人は三千円の使いかたで、人生が決まるよ」突然の入院、離婚、介護費用……。一生懸命生きるあなたのための「節約」家族小説！〈解説〉垣谷美雨
207100-1

は-75-1
大人になったら、 畑野智美
三十五歳の誕生日を迎えたメイ。カフェで働く日々はそれなりに充実しているが……。久しぶりの恋に戸惑う、大人になりきれない私たちの恋愛小説。〈解説〉渡辺雄介
207171-1

ふ-48-1
十六夜《いざよい》荘《そう》ノート 古内一絵
面識の無い大伯母・玉青から、高級住宅街にある「十六夜荘」を遺された雄哉。大伯母の真意を探るうち、遺産の真の姿が見えてきて――。〈解説〉田口幹人
206452-2

ふ-48-2
銀色のマーメイド 古内一絵
大人気「マカン・マラン」シリーズの原点！中学水泳部を舞台に、ジェンダーの垣根を超えた熱血×感動の青春物語が登場です。
206640-3

ま-51-1
おばちゃんたちのいるところ Where The Wild Ladies Are 松田青子
追いつめられた現代人のもとへ、八百屋お七や皿屋敷のお菊が一肌ぬぎにやってくる。お化けの妖気が心のしこりを解きほぐす、ワイルドで愉快な連作短篇集。
206769-1

ま-51-2
女が死ぬ 松田青子
「女らしさ」が、全部だるい。天使、小悪魔、お人形……〝あなたの好きな少女〟を演じる暇はない。シャーリイ・ジャクスン賞候補作を含む五十三の掌篇集。
207070-7

各書目の下段の数字はISBNコードです。978－4－12が省略してあります。

み-51-1
あの家に暮らす四人の女
三浦しをん
父を知らない佐知と母の暮らしに友人の雪乃と多恵美が加わり、笑いと珍事に溢れる牧田家。ゆるやかに流れる日々が心の孤独をほぐす。織田作之助賞受賞作。
206601-4

み-51-2
愛なき世界（上）
三浦しをん
恋愛・生殖に興味ゼロの院生・本村紗英に、洋食屋の見習い・藤丸陽太が恋をした。一途で変わり者ばかりの研究室を舞台に、愛とさびしさが共鳴する傑作長篇。
207143-8

み-51-3
愛なき世界（下）
三浦しをん
葉っぱの研究を続ける本村紗英が起こした大失敗。窮地に光を投げかけたのは料理人・藤丸の反応で――世界の隅っこが輝き出す日本植物学会賞特別賞受賞作。
207144-5

む-31-1
燃える波
村山由佳
友人のような夫と、野性的な魅力を持つ中学時代の同級生。婚外恋愛がひとりの女性にもたらした激しい変化は――。著者渾身の恋愛長篇。〈解説〉中江有里
206982-4

や-74-1
ニセ姉妹
山崎ナオコーラ
正子、三十五歳、シングルマザー。挑戦したのは気の合う友人と〝姉妹生活〟。苦しい日常に風が吹く、ポップで自由な家族小説。〈巻末鼎談〉阿佐ヶ谷姉妹
207172-8

ゆ-4-5
シナン（上）
夢枕獏
十六世紀、繁栄を誇るオスマントルコ帝国に、工兵から宮廷建築家へと昇りつめた男がいた……。史上最大のモスクに挑んだ天才建築家シナンの生涯。
204934-5

ゆ-4-6
シナン（下）
夢枕獏
悠久の都イスタンブールに刻まれた、百年の生涯で四七七の建造物を手がけ、かたちなき神を空間に描こうとした「石の巨匠」の軌跡。〈解説〉角野史比古
204935-2

よ-39-1
それからはスープのことばかり考えて暮らした
吉田篤弘
路面電車が走る町に越して来た青年が出会う、愛すべき人々。いくつもの人生がとけあった「名前のないスープ」をめぐる、ささやかであたたかい物語。
205198-0